I0649953

MELMOTH,

OU

L'HOMME ERRANT.

Many² 2322 (3)

MF P3/518

5 19 10

MELMOTH,

ou

L'HOMME ERRANT.

Par M. MATHURIN, auteur de Bertram, etc.

Traduit librement de l'anglais

Par Jean COHEN,

ancien censeur royal,

Traducteur des *Protecteurs et les Protégés*, du
Chevalier de Saint-Jean, etc.

TOME TROISIÈME.

PARIS,

Chez G. C. HUBERT, LIBRAIRE,
Palais-Royal, Galerie de Bois, n° 222.

1821.

MELMOTH

MELMOTH,

OU

L'HOMME ERRANT.

~~~~~~

CHAPITRE XII.

———————

LE lendemain était le jour fixé pour
la visite de l'évêque. Une inquiétude
indéfinissable régnait dans les prépara-
tifs de la communauté. Ce couvent
était le premier de Madrid, et comme
je vous l'ai dit, toute la capitale était
dans l'agitation par la réunion des circonstances singulières qui s'offraient
dans cette affaire. Le fils d'une des pre-

III.   1

mières familles de l'Espagne s'était fait religieux au sortir de l'enfance. Peu de mois après il avait protesté contre ses vœux ; il était accusé d'avoir fait un pacte avec l'esprit infernal. Les uns étaient curieux de voir un exorcisme, les autres désiraient ou craignaient le succès de mon appel. Celui-ci songeait que l'inquisition s'emparerait proba-blement de l'affaire, celui-là jugeait qu'un *auto-da-fé* pourrait en être le résultat possible.

De mon côté je n'étais pas sans es-pérance. Je ne connaissais nullement l'évêque, et je ne concevais pas que sa visite pût m'être avantageuse; mais je voyais que le couvent était inquiet, et cela seul suffisait pour m'offrir un pré-

sage favorable. Je me disais avec la fi-
nesse naturelle au malheureux : « Ils
tremblent, donc je dois me réjouir. »
Quand nos souffrances sont mises ainsi
dans la balance avec celles des autres,
il est rare que la main soit bien ferme;
nous sommes toujours disposés à la
faire pencher un peu de notre côté.

L'évêque arriva de grand matin ; et
passa quelques heures avec le supérieur dans son appartement. Pendant
ce temps il régnait dans la maison une
tranquillité qui contrastait fortement
avec l'agitation dont elle sortait. J'étais
seul, debout dans ma cellule : je dis debout, car on ne m'avait pas laissé de
siége. Je pensais en moi-même que
cet événement ne me présageait rien

de bon ni de mauvais. Je n'étais pas coupable de ce dont on m'accusait. Moi, le complice de Satan ! moi, victime au contraire d'une erreur diabolique ! Hélas ! mon seul crime était une soumission involontaire aux supercheries que l'on avait mises en usage contre moi. Cet homme, me disais-je, cet évêque ne peut me donner la liberté ; mais il peut me rendre justice.

Cependant le couvent était dans un accès de fièvre. Il y allait de la réputation de la maison. Ma situation était notoire. Ils avaient travaillé à me donner l'apparence et le renom d'un possédé. L'heure de l'épreuve approchait. Je ne vous dirai pas tous les moyens dont ils se servirent dans le cours de la matinée pour que je répondisse dignement à ce qu'ils avaient rapporté sur mon compte. Je craindrais que vous ne me crussiez capable de manquer à la vérité, si je vous citais le quart des horreurs qu'ils me firent souffrir. Le résultat en fut que j'étais dans un état de souffrance impossible à décrire, quand je reçus l'ordre de me présenter devant l'évêque qui, entouré du supérieur et de là communauté, m'attendait à l'église. C'était là le moment qu'ils avaient fixé. Je me livrai à eux. Ils me lièrent les bras et les jambes avec des cordes, me portèrent en bas et me placèrent à la porte de l'église; les quatre moines dont j'ai souvent eu occasion de parler, se tinrent toujours à côté de moi. L'évêque était à l'autel, le supérieur auprès de lui ; les religieux remplissaient le chœur. On me jeta par terre comme un chien mort, et ceux qui m'avaient porté se retirèrent avec promptitude, comme s'ils s'étaient crus souillés par mon attouchement.

Ce spectacle frappa l'évêque ; il me dit d'une voix forte : « Levez-vous, malheureux, et avancez. » Je répondis d'une voix qui parut le faire frissonner : « Dites-leur de me délier et je vous obéirai. » L'évêque jeta un regard froid, mais plein d'indignation, sur le supérieur, qui sur-le-champ s'approcha de lui et lui parla à l'oreille. Cette consultation à voix basse continua pendant quelque temps ; et quoique couché par

terre, je remarquai que l'évêque se-
couait la tête à tout ce que lui disait le
supérieur.

A la fin l'ordre fut donné de me délier. Je n'y gagnai pas beaucoup, car
les quatre moines restèrent à més côtés.
Ils me tinrent les bras en me faisant
monter les marches de l'autel. Je vis
alors pour la première fois l'évêque en
face. C'était un homme dont la physionomie était aussi remarquable que le
caractère. L'une faisait sur les sens la
même impression que l'autre sur l'âme.
Il était d'une taille élevée et majestueu-
se. Ses cheveux étaient blancs. Aucun
sentiment ne l'agitait, aucune passion
n'avait laissé de trace sur ses traits. Ses
yeux noirs, mais froids, se tournaient

vers vous sans avoir l'air de vous voir.
Quand sa voix parvenait à votre oreille,
elle paraissait ne s'adresser qu'à votre
âme. Du reste sa réputation était sans
tache, sa discipline exemplaire, sa vie
celle d'un anachorète, ou pour mieux
dire d'une statue. Tel était l'homme
devant lequel je me trouvais.

Quand il eut donné l'ordre de me
délier, le supérieur parut fort ému;
mais cet ordre était positif, et je fus
délivré de mes liens. J'étais placé, comme j'ai eu l'honneur de vous le dire,
entre les quatre moines, et je sentais
que mon apparence justifiait assez l'impression que l'évêque avait reçue à mon
égard. J'étais déguenillé, affamé, pâle
et cependant enflammé par l'horrible-

traitement que je venais d'éprouver.
J'espérais pourtant qu'en me soumet-
tant à tout ce que l'on allait exiger de
moi, je rétablirais ma réputation auprès de l'évêque. Celui-ci prononça avec
une répugnance visible la formule de
l'exorcisme, et chaque fois que reve-
naient les mots *Diabolo te adjuro*,
les moines qui me tenaient me tor-
daient les bras et me faisaient crier de
douleur, ce qui me donnait l'air d'a-
voir des convulsions. L'évêque en parut dans le premier moment troublé;
et quand l'exorcisme fut terminé, il
m'ordonna de m'approcher de l'autel.
Je l'essayai; mais les quatre moines qui
m'entouraient toujours, firent en sorte
que j'eus l'air de ne pouvoir y parve-

III. 2

nir qu'avec beaucoup de peine. L'é-
vêque dit : « Eloignez - vous ; laissez-le
venir seul. » Ils furent forcés d'obéir.
Je m'avançai en tremblant. Je me mis
à genoux. L'évêque, plaçant son étole
sur ma tête, me demanda si je croyais
en Dieu et dans la sainte église catholique. Au lieu de répondre, je jetai des
cris aigus et je me précipitai de l'autel.
L'évêque se leva pour se retirer, tandis
que le supérieur et les autres s'appro-
chèrent de moi. En les voyant venir,
je rassemblai mon courage; et sans prononcer une seule parole, je montrai du
doigt les morceaux de verre qui jon-
chaient les marches de l'autel et qui
avaient percé mes sandales déjà déchirées. L'évêque ordonna sur-le champ à

un moine de les balayer avec la manche de sa tunique. Cet ordre fut exécuté et le moment d'après je reparus devant le prélat sans crainte ni douleur. Il continua ses questions.

« Pourquoi ne priez-vous pas dans l'église ? »

— « Parce que les portes m'en sont fermées. »

— « Comment !... Qu'est-ce que cela veut dire? On m'a remis un mémoire contenant de grandes plaintes contre vous, et parmi les plus graves se trouve celle que vous ne priez point dans l'église. »

— « J'ai dit que les portes m'en étaient fermées. Hélas ! il ne m'était pas plus possible de les ouvrir que d'ouvrir les cœurs des membres de la communauté. Tout est ici fermé pour moi. »

L'évêque se retourna vers le supérieur qui répondit : « Les portes de l'église sont toujours fermées aux ennemis de Dieu. »

Le prélat reprit avec la calme sévérité qui lui était ordinaire : « Ma question est simple. Je ne veux point de réponses évasives et détournées. Les portes de l'église ont-elles été fermées pour cet être malheureux? lui avez-vous refusé le privilége de s'adresser à Dieu? » — « Je l'ai fait, parce que je pensais et croyais... » —

— « Je ne vous demande point ce que vous pensiez et croyiez. Je vous fais

une simple question sur un fait. Lui
avez-vous ou ne lui avez-vous pas refusé accès à la maison de Dieu ? »

— « J'avais raison de croire que... »

— « Je vous préviens que de telles
réponses peuvent me forcer à vous faire
changer en un instant de situation avec
l'individu que vous accusez. Lui avez-
vous ou ne lui avez-vous pas fermé les
portes de l'église ? Répondez oui ou
non. »

Le supérieur tremblant de colère et
d'effroi , répondit : « Je l'ai fait ; mais
j'en avais le droit. »

— « C'est ce dont je ne me sens pas
capable de juger. En attendant, il paraît
que vous vous avouez coupable du fait
dont vous l'accusiez. »

Le supérieur resta muet. L'évêque continuant à examiner un papier qu'il tenait, m'adressa la parole en ces termes:

« Comment se fait-il que les religieux ne peuvent dormir dans leurs cellules par le trouble que vous leur causez ? »

— « Je n'en sais rien: c'est à eux à vous l'expliquer. »

— « Le malin esprit ne vous visite-t-il pas toutes les nuits ? Vos blasphêmes, vos exécrables impuretés ne retentissent-ils pas à l'oreille de tous ceux qui ont le malheur d'être placés près de vous ? N'êtes-vous pas la terreur et le tourment de toute la communauté ? »

Je répondis : « Je suis ce qu'ils m'ont fait; je ne nie point les bruits extraordinaires que j'entends dans ma cellule;

mais ils en savent mieux que moi la véritable cause. Je suis assailli dans mon
lit par une voix qui me parle à l'oreille.
Il paraît du reste qu'elle arrive jusqu'à
celle des frères ; car ils entrent dans ma
cellule et profitent de la terreur où je
suis plongé pour y donner les interpré-
tations les plus incroyables. »

— « Mais n'entend-on pas des cris
la nuit dans votre cellule ? »

— « Oui, des cris de terreur ; des cris
jetés, non par un homme qui célèbre
des orgies infernales, mais par un
homme qui les craint. »

— « Cependant vous prononcez des
blasphèmes, des imprécations, des
impuretés ? »

— « Quelquefois, dans une terreur

qu'il m'était impossible de vaincre, j'ai
répété les sons qui avaient retenti à mon
oreille; mais toujours d'un ton d'horreur et d'aversion qui prouvait jusqu'à
l'évidence que je ne les avais point ima-
ginés et que je ne faisais que les redire
après un autre. Je prends toute la communauté à témoin de ce que je dis.
Les cris que je jetais, les expressions
dont je me servais, étaient bien certai-
nement des marques de ma haine pour
les suggestions infernales qui m'avaient
été faites. Demandez à toute la communauté, si chaque fois que l'on est entré
dans ma cellule on ne m'a pas trouvé
seul, tremblant et agité de convulsions.
J'étais la victime de mon trouble dont
ils affectaient de se plaindre, et quoique

je n'aie jamais pu découvrir ou deviner
les moyens dont ils se servaient pour me
persécuter, je ne crois pas me tromper
en attribuant ces terreurs, aux mêmes
individus qui ont couvert les murs de
ma cellule d'images de démons dont les
traces subsistent encore. »

— « On vous accuse aussi d'être entré
dans l'église à minuit, d'avoir dégradé
les tableaux et les statues, foulé aux
pieds la croix, en un mot, d'avoir commis tous les actes d'un démon, en vio-
lant le sanctuaire. »

A cette accusation si injuste et si
cruelle, il ne me fut pas possible de retenir mon émotion; je m'écriai :

« J'ai couru à l'église dans un accès
de frayeur dont leurs machinations

m'avaient rempli. Je m'y suis rendu à
minuit parce que le jour elle m'était
fermée ainsi que vous venez de l'apprendre; je me suis prosterné devant la croix
et je ne l'ai point foulée aux pieds; j'ai
embrassé les statues des saints et je ne
les ai point violées, j'ose même dire
que jamais prières plus sincères n'ont
été offertes à Dieu dans ces murs,
que celles que j'ai prononceés cette
nuit au milieu de ma solitude, de
mes terreurs et de mes persécutions. »

— « Le lendemain matin, quand la
communauté voulut entrer à l'église, ne
l'en empêchâtes-vous pas par vos cris? »

— « J'étais paralysé pour avoir passé
toute la nuit sur le pavé où ils m'avaient
jeté. Je voulus me lever et me retirer à

leur approche. La douleur me fit jeter
quelques cris, car j'avais d'autant plus
de peine à marcher qu'aucun d'eux
ne m'offrit le plus léger secours. En
un mot tout ce que l'on vous a dit
sont des faussetés. Je suis allé à l'é-
glise pour implorer la miséricorde
divine et ils prétendent que mon action a été celle d'un cœur apostat. Si
j'avais tenté de renverser la croix ou de
dégrader les images, les marques de
cette violence ne subsisteraient-elles
pas? Ne les aurait-on pas conservées
avec soin pour servir de témoignage
contre moi? Cependant y en a-t-il un
vestige? non il n'y en a pas, il ne peut
y en avoir : car elle n'a jamais existé. »

L'évêque s'arrêta. Il eût été inutile de

faire un appel à sa sensibilité ; celui pour lequel je m'étais décidé ne manqua pas son effet ; au bout de quelque temps, il me dit :

« Vous ne ferez donc pas de difficulté de rendre en présence de toute la communauté, le même hommage aux images du Sauveur et des saints que vous dites avoir voulu leur rendre cette nuit ? »

— « Je n'en ferai aucune. »

On m'apporta un crucifix que je baisai avec émotion et respect, et je demandai, les larmes aux yeux, ma part dans les mérites infinis du sacrifice qu'il représentait.

L'évêque me dit ensuite : « Faites des actes de foi, d'espérance et de charité. »

J'obéis, et quoique je les fisse d'abon-
dance, je remarquai que les dignes
ecclésiastiques qui accompagnaient l'é-
vêque se regardaient mutuellement avec
compassion, intérêt et admiration. L'é-
vêque me demanda où j'avais appris ces
prières.

« Mon cœur, répondis-je, a été mon
seul maître; je n'en ai pas d'autre. On
ne me donne pas de livres. »

— « Comment?.... Songez bien à ce
que vous dites. »

— « Je répète que je n'en ai point; ils
m'ont ôté mon bréviaire, mon crucifix,
ils ont dépouillé ma cellule de tous ses
meubles; je m'agenouille sur le car-
reau; je prie par cœur; si vous daignez

visiter ma cellule, vous verrez que je
vous ai dit la vérité. »

A ces mots, l'évêque lança un regard
terrible sur le supérieur. Il se remit cependant bientôt : car n'étant nullement
accoutumé aux émotions, il sentait qu'en
s'y livrant il changeait ses habitudes, et
portait en quelque sorte, atteinte à
sa dignité. Il me dit froidement de me
retirer, et je lui obéissais déjà quand il
me rappela. Pour la première fois mon
air parut l'avoir frappé. Absorbé dans
la contemplation de ses devoirs, il fallait
que les objets extérieurs lui fussent long-
temps présentés, avant de faire sur lui
aucune impression. Il était venu pour
examiner un prétendu démoniaque.
Convaincu cependant qu'il y avait de

l'injustice et de l'imposture dans le fait, il agit avec un courage, une résolution et une intégrité qui lui firent honneur.

Mais pendant tout ce temps l'horreur et la misère de mon aspect, qui auraient frappé sur-le-champ tout homme dont les sensations auraient été le moins du monde extérieures, ne firent aucune impression sur lui; il ne s'en aperçut qu'en me voyant descendre lentement et péniblement les marches de l'autel; mais aussi l'impression fut d'autant plus vive qu'elle avait été plus tardive. Il me rappela et me demanda comme s'il me voyait pour la première fois, comment il se faisait que mon habit était si scandaleusement déchiré. J'aurais pu si je l'avais voulu, dévoiler un mystère qui

aurait ajouté à la confusion du supérieur;
mais je me contentai de répondre:
« C'est la suite des mauvais traitemens
que j'ai éprouvés. » Plusieurs autres questions de la même espèce au sujet de mon
apparence suivirent, et je fus obligé de
tout découvrir. L'évêque fut courroucé à
un point incroyable des détails que je lui
donnai. Quand les âmes sévères cèdent
à une émotion quelconque, elles le font
avec une véhémence inconcevable, car
tout est pour elles un devoir, et même la
passion quand l'occasion s'en présente.
Il est possible encore que la nouveauté
de l'émotion soit pour elles une surprise
agréable.

Quant au bon évêque, dont la pu-
reté égalait la sévérité, il se sentit plein

d'horreur, de chagrin et d'indignation
aux détails que je fus forcé de donner.
Le supérieur tremblait et la communauté n'osait pas me contredire. Le prélat reprit sa froideur : car la rigueur était
pour lui une habitude et la sensibilité un
effort. Il m'ordonna de nouveau de me retirer : j'obéis et je me rendis à ma cellule.
Les murs étaient nus comme je les ai dé-
crits, mais même à côté de la splendeur
de la scène dont je venais d'être témoin
à l'église, ils me parurent tout brillans
de mon triomphe. Une illusion écla-
tante éblouit pour un moment mes yeux
et puis tout s'apaisa. Dans ma solitude je m'agenouillai et je priai le Tout-
Puissant de toucher le cœur de l'évêque
et de le rendre sensible à la modération

III.   3

et à la sensibilité avec laquelle j'avais
parlé.

Je priais encore quand j'entendis
marcher dans le corridor. Le bruit cessa
pour un instant et je me tus ; je pensai
que l'on venait de m'entendre et que,
sans doute, le peu de mots que j'avais
dit avaient fait une vive impression. Au
bout de quelques momens l'évêque entra dans ma cellule avec quelques ecclésiastiques de sa suite et accompagné du
supérieur. Les premiers s'arrêtèrent tous
frappés d'horreur à l'aspect de ma demeure.

Je vous ai dit, Monsieur, qu'elle ne
consistait plus que dans les quatre murs
dépouillés et un lit. C'était un spectacle
scandaleux et avilissant. J'étais à genoux

au milieu de la chambre, et je prends
Dieu à témoin que je n'avais aucune intention de faire de l'effet. L'évêque
commença par jeter un coup d'œil autour de lui, tandis que les ecclésiastiques qui l'accompagnaient, marquaient
leur horreur par des regards et des
gestes qui n'exigeaient aucune interpré-
tation. Après un silence, l'évêque dit
en se tournant vers le supérieur :

« Eh bien! que dites-vous de ceci? »

Le supérieur hésita, et répondit à la
fin : « Je l'ignorais. »

« C'est faux, » reprit l'évêque; « et
quand cela serait vrai, vous n'en se-
rier que plus coupable; votre devoir
vous ordonne de visiter les cellules tous
les jours. Comment pourriez-vous, sans

l'avoir négligé, ignorer l'état honteux où se trouve celle-ci ? »

Il fit plusieurs fois le tour de la cellule suivi des ecclésiastiques qui haussaient les épaules, et se jetaient les uns aux autres des regards de mécontentement. Le supérieur était pétrifié. Il entendit l'évêque dire en sortant : « Tout ceci doit être réparé avant que je quitte la maison. » Et s'adressant particulièrement au supérieur, il ajouta : « Vous êtes indigne de la place que vous occupez ; vous devriez être déposé. » Puis élevant la voix et prenant un ton plus sévère, il dit : « Catholiques ! religieux ! chrétiens ! c'est affreux ; c'est horrible ; tremblez pour les suites de ma prochaine visite, si les mêmes désordres subsistent encore. Je vous promets que je la répéterai sous peu. » Il revint ensuite à ma cellule, et, s'arrêtant à la porte, il dit au supérieur : « Prenez soin que tous les abus commis dans cette cellule soient réparés avant demain matin. » Le supérieur marqua par son silence sa soumission à cet ordre.

Je me couchai cette nuit sur mon matelas entre mes quatre murs dépouillés. La fatigue et l'épuisement me firent dormir d'un profond sommeil. Je me réveillai long-temps après l'heure des matines, et je me trouvai entouré de tous les agrémens qu'une cellule puisse offrir. Le crucifix, le bréviaire, le pupître, la table, tout avait été replacé pendant mon sommeil, comme par en-

chantement. Je sautai à bas de mon lit,
et je regardai autour de moi avec ex-
tase. L'heure de la réfection approchait.
Ma joie se calmait, et je sentais renaître
mes terreurs. Il est difficile de passer
d'un état d'humiliation extrême à sa
première position dans la société dont
on est membre. Je descendis quand
j'entendis sonner la cloche; je m'arrêtai
un moment à la porte, puis, avec une
impulsion désespérée, j'entrai et je pris
ma place habituelle. Personne ne s'y
opposa. On ne dit rien. Après le dîner
a communauté se sépara. J'attendais
la cloche des vêpres. Je jugeai que ce
serait le moment décisif. Elle sonna à
la fin, les religieux s'assemblèrent. Je
me joignis à eux sans opposition. Je pris

ma place au chœur ; mon triomphe
était complet et j'en tremblais. Hélas !
quel est le moment de succès où nous
n'éprouvions pas un sentiment d'inquiétude? Notre destinée est pour nous
comme cet esclave qui, tous les ma-
tins, devait rappeler au monarque de
l'antiquité qu'il n'était qu'un homme,
et il est rare qu'elle ne prenne pas soin
de remplir sa propre prédiction dans le
cours de la journée.

Deux jours se passèrent. La tempête
qui nous avait agités, pendant si long-
temps, s'était changée en un calme profond. Je me retrouvai dans l'état où j'a-
vais été auparavant. Je remplis de nouveau mes devoirs accoutumés, sans que
personne m'en fît ou des complimens

des reproches. On paraissait me considérer comme un homme qui recom-
mençait la vie monastique. Ces deux
jours furent pour moi d'une tranquillité
parfaite, et je prends Dieu à témoin
que je jouis de mon triomphe avec modération. Je ne parlai point de la position d'où je sortais; je ne fis point de
reproches à ceux qui l'avaient causée;
je ne dis pas un mot de la visite de l'é-
vêque, qui en peu d'heures avait fait
changer de place au couvent entier et à
moi, et qui m'avait mis en état d'oppri-
mer à mon tour mes oppresseurs si je
l'avais voulu. Je supportai mon succès
sans vanité, car j'étais soutenu par l'espoir de la liberté. Le triomphe du su-

périeur ne devait pas tarder à se renouveler.

Le troisième jour, dans la matinée, je fus appelé au parloir. Un messager me remit un paquet contenant, à ce que j'appris, le résultat de ma réclamation. D'après la règle du couvent, j'étais obligé de le remettre d'abord dans les mains du supérieur, qui devait en prendre communication avant qu'il me fût permis de le lire. Je pris le paquet et je me rendis à pas lents à son appartement. En le tenant dans ma main, je l'examinais, je le pesais, je le retournais en tous sens, afin, s'il était possible, d'en deviner le contenu par la forme. Une pensée désolante se présenta à mon esprit; je me dis que si la nouvelle

III. 4

qu'il contenait avait été favorable, le
messager me l'aurait remis d'un air de
triomphe, afin que je pusse, en dépit
de l'étiquette du couvent, rompre le ca-
chet qui renfermait l'arrêt de ma délivrance. Il arrive souvent que nos pré-
sages sont inspirés par notre destinée,
et la mienne étant celle d'un moine, il
ne faut pas s'étonner s'ils étaient noirs
et s'ils se vérifiaient.

J'approchai de la cellule du supérieur
avec mon paquet. Je frappai, on me dit
d'entrer; mes yeux étaient baissés et je
ne distinguai que les ourlets du bas des
robes des moines, qui étaient réunis
dans l'appartement. J'offris respectueu-
sement ce que je tenais. Le supérieur y
jeta nonchalamment un regard, et puis le

lança par terre. Un des religieux voulut
le relever. « Arrêtez, » dit le supérieur,
« c'est à lui à le ramasser. » Je fis ainsi
qu'il l'avait dit, et je retournai dans ma
cellule, après avoir fait une profonde
révérence au père supérieur. Je m'assis
tenant en main le fatal paquet. J'allais
l'ouvrir quand une voix intérieure semble me dire : C'est inutile, tu dois déjà en
savoir le contenu. Je ne le lus en effet
qu'au bout de quelques heures : il m'ap-
prenait que mon appel avait échoué. Je
voyais, d'après les détails que l'on me
donnait, que l'avocat avait mis en usage
tout son talent, tout son zèle, toute son
éloquence. Un moment la cour avait
été sur le point de décider en faveur de
ma réclamation, mais on craignit qu'un

pareil arrêt ne fût d'un exemple dange-
reux. L'avocat de mes adversaires ob-
serva que si ma prétention était admise,
tous les religieux de l'Espagne récla-
meraient contre leurs vœux. N'est-ce
pas là une nouvelle preuve de la justice
de ma cause?

L'émotion que l'infortuné Monçada
éprouva dans cet endroit de son récit,
le força de le suspendre encore, et ce
ne fut qu'au bout de quelques jours
qu'il le reprit en ces termes :

CHAPITRE XII.

Il me serait impossible de vous peindre l'état où le rejet de mon appel jeta mon esprit, car je n'en conservai aucun souvenir distinct. Toutes les couleurs disparaissent la nuit, et pour le désespoir il n'y a point de jour : la monotonie est son essence et sa malédiction. Je me promenais dans le jardin pendant des heures entières, sans en rapporter d'autres impressions que celle qu'avait faite sur mon oreille le bruit de mes pas; la pensée, le sentiment, la passion, et ce qui les met en œuvre, la vie et l'a

venir, tout était pour moi éteint et en-
glouti.

Je restais le plus long-temps qu'il
m'était possible au jardin ; une sorte
d'instinct, remplaçant le choix que je
n'avais plus l'énergie de faire, me diri-
geait de ce côté, afin d'éviter la présence des religieux. Un soir j'y aperçus
du changement. La fontaine avait besoin de réparation. La source qui lui
fournissait de l'eau était située hors des
murs du couvent, et les ouvriers, en
poursuivant leurs travaux, avaient trouvé
nécessaire de creuser un passage sous
le mur du jardin, qui communiquait
avec un endroit ouvert dans la ville.
Ce passage était bien gardé le jour,
pendant que les ouvriers étaient à l'ou-

vrage, et la nuit il était fermé par une
porte construite exprès, et à laquelle
on avait mis des chaînes, des barreaux
et des verroux. On la laissait pourtant
ouverte le jour; et cette image at-
trayante de la liberté au milieu de l'affreuse certitude d'un emprisonnement
éternel, ajoutait un nouvel aiguillon à
ma douleur qui commençait à s'user.
J'entrai dans le passage, et j'approchai
le plus qu'il me fut possible de la porte
qui me séparait de la vie. Je m'assis sur
une des pierres éparses, et j'appuyai
ma tête sur mes mains : je ne sais combien de temps je restai dans cette position; tout-à-coup, je fus frappé d'un léger bruit, et j'aperçus un papier que
quelqu'un faisait passer sous la porte,

dans un endroit où une légère inégalité dans le terrain rendait la tentative praticable. Je me baissai pour le saisir ; on le retira, mais l'instant d'après, une voix, dont mon émotion ne me permit pas de distinguer le son, dit tout bas : « Alonzo ! »

« Oui, oui, » répondis-je vivement. On me mit sur-le-champ le papier dans la main, et j'entendis l'inconnu qui se retirait avec promptitude. Je ne perdis pas un moment pour lire le peu de mots que contenait le billet : « Soyez ici demain soir à pareille heure. J'ai beaucoup souffert à cause de vous ; détruisez ceci. »

Ce billet était de l'écriture de mon frère Juan : de cette écriture que je con-

naissais si bien depuis notre dernière cor-
respondance, de cette écriture dont je
n'ai jamais contemplé les traits sans sentir renaître l'espérance dans mon sein.
Je m'étonne que pendant ces vingt-quatre heures, mon émotion ne m'ait pas
trahi aux yeux du couvent, mais peut-
être n'est-ce que l'émotion occasionée
par des causes frivoles qui se montre à
l'extérieur. J'étais absorbé dans la
mienne : il est du moins certain que
pendant toute cette journée, mon âme
ne cessait de se mouvoir comme le ba-
lancier d'une pendule, qui répéterait
alternativement ces mots : *il y a de
l'espoir! il n'y a pas d'espoir!*

Le jour, ce jour éternel se termina à
la fin. La soirée arriva ; oh ! comme

j'épiais son ombre croissante! Pendant
les prières des vêpres, avec quelle joie
je considérais les teintes d'or et de pour-
pre qui brillaient au travers des car-
reaux de la grande fenêtre de l'église!
Il était impossible de voir une soirée
plus propice : elle était calme et obscure. Le jardin était désert, on n'y
voyait pas une figure humaine; aucun
pied ne retentissait dans les allées soli-
taires. Je hâtai ma marche; tout-à-coup
je crus entendre le bruit d'une personne
qui me suivait, je m'arrêtai : ce n'é-
taient que les palpitations de mon propre cœur que je distinguais dans le profond silence de ce moment fatal. Je
posai la main sur ma poitrine, comme
une mère qui cherche à pacifier son

enfant. Cela ne l'empêcha pourtant pas
de s'agiter. J'entrai dans le passage,
j'approchai de la porte; j'entendais toujours résonner dans mon oreille ces
mots : Soyez ici demain à pareille heure.
Je me baissai et j'aperçus, d'un œil qui
semblait dévorer ce qu'il voyait, j'aperçus, dis-je, un morceau de papier sous
la porte; je le saisis et le cachai sous
ma robe. Je tremblais à tel point de
joie, que je ne savais comment faire
pour l'emporter dans ma cellule sans
que l'on me devinât. J'y réussis cependant, et quand je lus cet écrit, son
contenu justifia bien mon émotion. Une
grande partie en était cependant illi-
sible, parce qu'il avait été jeté entre
les pierres et sur une terre humide : sur

la première page je pus distinguer seulement que mon frère avait été retenu
à la campagne, pour ainsi dire en prison, et cela par l'influence du direc-
teur. Un jour, se trouvant à la chasse
avec un seul domestique, le désir de la
liberté fit naître tout-à-coup en son esprit l'idée d'effrayer cet homme, pour
en obtenir ce qu'il désirait ; en conséquence, il lui présenta le canon de son
fusil, et le menaça de lui brûler la cervelle, s'il faisait la moindre résistance.
Le domestique se laissa donc attacher
à un arbre. La page suivante, quoique
très-effacée, m'apprit que mon frère
était arrivé heureusement à Madrid, où
il avait reçu la première nouvelle du
mauvais succès de mon appel. L'effet

de cette nouvelle sur le tendre, l'ardent, l'impétueux Juan, se concevait facilement au style interrompu et irrégulier dans lequel il s'efforçait de le décrire; il disait ensuite : « Je suis présentement à Madrid, fermement résolu de n'en pas sortir que je ne vous aie délivré; cela n'est pas impossible, pourvu que vous ayez du courage. Il n'y a point de porte, pas même celle d'un couvent, qui soit inaccessible à une clef d'or. Mon premier but, celui d'obténir le moyen de communiquer avec vous, paraissait d'abord aussi impraticable que votre fuite, et cependant j'y suis parvenu : j'ai appris que l'on faisait des réparations dans le jardin, et je me suis posté tous les jours devant la porte,

dans l'espoir de vous rencontrer, en
vous nommant souvent à voix basse.
Ce ne fut que le sixième jour que vous
y vîntes. »

Dans une autre partie de sa lettre,
il décrivait plus amplement son projet.
« De l'argent et du mystère, tels sont
les premiers points auxquels nous devons nous attacher; je ne crains point
d'être dénoncé, grâce aux déguisemens que je porte. Je me procurerai
moins facilement de l'argent, ma fuite
a été si soudaine, que je n'ai pas songé
à m'en pourvoir avant de partir de la
campagne; aussi ai-je déjà été obligé
de vendre ma montre et mes bagues,
pour me procurer de quoi vivre, et
pour acheter des costumes. Je trouverais

les plus fortes sommes en me nommant,
mais cela pourrait offrir du danger. Le
bruit de mon séjour à Madrid parvien-
drait infailliblement aux oreilles de
mon père. Il faudra que je m'adresse à
un Juif; une fois que j'aurai de l'argent,
je suis presque sûr de vous délivrer :
j'ai déjà entendu parler d'un homme
qui se trouve dans votre couvent, où il
est caché pour des motifs fort extraordinaires. Il serait probablement facile de
l'engager à...... »

Les passages de la lettre qui suivaient
paraissaient avoir été écrits à de longs
intervalles. Les premiers mots que je
pus lire, montraient quelle était la gaîté
naturelle de cet être, le plus ardent, le

plus léger et le plus généreux qui eût jamais été créé.

« N'ayez aucune inquiétude pour ce qui me regarde ; il est impossible qu'on me devine. J'ai toujours été connu pour le talent remarquable que je possède pour l'imitation, et ce talent m'est présentement de la plus grande utilité. Quelquefois je parcours les rues sous le costume d'un *majo*, avec d'énormes moustaches ; d'autres fois je prends l'accent d'un Biscayen, et comme l'époux de donna Rodriguez, je me dis aussi bon gentilhomme que le roi, parce que je viens des montagnes. Mais les déguisemens qui me plaisent le plus, sont ceux d'un mendiant ou d'un bohémien. Le premier me procure un accès dans les couvens, l'autre de l'argent et des nouvelles. Quand les courses et les stratagêmes de la journée sont passées, vous souririez en voyant le grenier et le grabat où l'héritier des Monçada se retire pour prendre du repos. Le sentiment de notre supériorité est quelquefois plus délicieux, quand il est renfermé dans notre propre sein, que quand tout le monde en est témoin. D'ailleurs, il me semble que le mauvais lit, le siége mal affermi, les poutres couvertes de toiles d'araignées, l'huile rance et tous les autres agrémens de ma nouvelle demeure, sont une espèce d'expiation de tous les torts que j'ai eus envers vous, Alonzo. Je m'attriste parfois au milieu de ces pri-

III. 5

vations auxquelles je ne suis pas accoutumé, et cependant je suis soutenu
par une sorte d'énergie sauvage et pleine
de gaîté, qui fait le fond de mon caractère. Ma position me fait frémir la
nuit, quand je rentre chez moi, et
quand je place pour la première fois de
ma propre main, la lampe sur le misérable foyer; mais le matin je ris quand
je me revêts de bizarres haillons, quand
je décolore mon visage, et quand j'ac-
centue mon langage au point que les
habitans de la maison, qui me ren-
contrent sur l'escalier, ne reconnais-
sent pas leur commensal de la veille.
Je change tous les jours de demeure
et de costume. Ne craignez rien pour
moi, mais venez tous les soirs à la

porte du passage, car tous les soirs j'aurai pour vous des nouvelles fraîches.
Mon industrie est infatigable, mon zèle
ne se tarira pas; mon cœur et mon
âme sont tout de feu pour votre cause.
Je déclare de nouveau que je ne quit-
terai pas ces lieux avant que vous soyez
libre. *Alonzo, comptez sur moi.* »

Je vous épargnerai, Monsieur, le
détail de ce que j'éprouvai à la lecture
de cette lettre. O mon Dieu, pardon-
nez-moi l'humilité avec laquelle je baisai ces caractères. J'aurais pu adorer
la main qui les avait tracés. Je voyais
un être si jeune, si généreux, si dé-
voué, sacrifier tous les agrémens que
le rang, la jeunesse et le plaisir peuvent offrir; endossant les déguisemens

les plus vils, supportant les privations les plus déplorables, surtout pour un enfant fier et voluptueux comme lui, cachant ses souffrances sous une gaîté affectée et sous une magnanimité réelle, et faisant tout cela pour moi! Oh mon Dieu! quels furent mes sentimens!

Le lendemain au soir je retournai à la porte; mais je ne vis pas de papier. J'attendis jusqu'à ce que l'obscurité fût si profonde que je ne l'eusse pu distinguer quand même il y en aurait eu. Le jour suivant je fus plus heureux. La même voix déguisée me dit tout bas: Alonzo! et me sembla plus douce qu'aucune musique que j'eusse jamais entendue. Ce nouveau billet n'était que de quelques lignes: aussi je n'eus pas de peine

à l'avaler aussitôt que je l'eus parcou-
ru. Voici ce que j'y lus :

« J'ai trouvé à la fin un juif qui con-
sent à m'avancer une somme considérable. Il prétend qu'il ne me connaît
pas ; mais je suis convaincu que mon
nom ne lui est pas étranger. Du reste
il ne me trahira pas : car l'intérêt usu-
raire qu'il me fait payer et ses pratiques
illégales m'assurent de sa discrétion.
Sous peu de jours je posséderai les
moyens de vous délivrer, et j'ai été
assez heureux pour découvrir comment ces moyens devront être employés. »

Le billet ne contenait que cela. Pendant quatre jours consécutifs, les travaux des ouvriers excitèrent une si vive

curiosité dans le couvent, où il était
facile d'en faire naître, que je n'osai
rester dans le passage de peur de causer
des soupçons. Pendant tout ce temps,
je souffris non-seulement l'inquiétude
d'une espérance suspendue, mais encore la crainte que le moyen de communication entre mon frère et moi ne
fût entièrement rompu : car je savais
que les ouvriers n'avaient plus que peu
de jours à travailler. Je donnai cet avis
à mon frère par la même voie que je
recevais les siens. Puis je me reprochai
de l'avoir pressé. Je réfléchis à la difficulté qu'il devait éprouver à rester caché, à faire des affaires avec des juifs,
à gagner les domestiques du couvent.
Je songeai à tout ce qu'il avait entre-

pris et à tout ce qu'il avait souffert. Je craignais ensuite que toutes ces démarches ne fussent inutiles. Je ne voudrais pas recommencer ces quatre journées pour le plus beau trône de la terre. Le soir du cinquième jour je trouvai sous la porte un billet contenant ce qui suit :

« Tout est arrangé! Je me suis assuré du juif à des conditions bien dignes de lui. Il affecte d'ignorer mon véritable rang et les biens immenses que je dois posséder un jour ; mais il en est fort bien instruit et n'ose pas me trahir pour sa propre sûreté. Il sait qu'il suffirait d'un mot de moi pour le livrer à l'inquisition. Il y a du reste dans votre couvent un misérable sur le compte

duquel j'ai entendu raconter les bruits
les plus épouvantables. Il a, dit-on,
coupé le cou à son père pendant qu'il
soupait, afin de se procurer une légère
somme d'argent pour payer une dette
contractée au jeu. C'est un Portugais.
Après avoir fui la justice humaine dans
sa patrie, il a voulu échapper aussi à
celle de Dieu. En conséquence il a feint
le repentir le plus complet et il est entré dans votre couvent où il est présentement frère-lai. Mais je sais de bonne
part que son repentir n'est qu'un man-
teau dont il couvre le cœur le plus per-
vers. Il a espéré qu'il empêcherait par
là que le gouvernement espagnol ne le
livrât aux tribunaux de son pays. C'est
sur les crimes de ce misérable que je

fonde toutes mes espérances. Il n'hési-
tera point si l'on peut parvenir à le ten-
ter. Il entreprendra de vous délivrer
pour de l'argent, comme pour de l'argent il entreprendrait de vous étrangler
dans votre cellule. Il envie à Judas les
trente pièces d'argent pour lesquelles
le Sauveur du monde fut vendu. Il
vendrait son âme pour la moitié de ce
prix. C'est là l'instrument avec lequel il
faudra que je travaille. Il est horrible,
mais nécessaire. J'ai lu que des plan-
tes et des reptiles les plus venimeux
on retirait les remèdes les plus effi-
caces. Je ferai de même. J'exprimerai
le jus, et j'écraserai la plante sous mes
pieds.

« Alonzo, ne tremblez point à ces

III.   6

mots. Ne souffrez point que vos habitudes prennent le dessus sur votre caractère. Confiez votre délivrance à moi
et aux instrumens avec lesquels je suis
forcé de travailler, et ne doutez point
que la main qui trace ces lignes ne serre
bientôt celle d'un frère heureux et
libre. »

Je lus et relus plusieurs fois dans ma
solitude ces lignes, et plus je les reli-
sais, plus je sentais s'élever dans mon
âme des doutes et des inquiétudes. Ma
confiance diminuait à mesure et dans
la même proportion que celle de mon
frère semblait augmenter. Il y avait un
contraste effrayant entre sa position in-
dépendante et libre de toute crainte,
et la solitude, la timidité et le danger

de la mienne. Quoique je ne cessasse
de brûler du désir et de l'espoir de me
sauver par son courage et son adresse,
je craignais cependant de confier mon
sort à un jeune homme si impétueux :
à un jeune homme qui avait quitté en
secret la maison paternelle, qui vivait à
Madrid de ruse et d'imposture, et qui
avait engagé dans son entreprise un
misérable, l'opprobre de la nature.
Sur quel fondement reposait donc l'espoir de ma délivrance ? D'un côté sur
la tendre énergie d'un être étourdi,
entreprenant et sans soutien, et de
l'autre sur la coopération d'un démon
qui commencerait peut-être par s'em-
parer de la récompense promise et qui
mettrait ensuite, en nous trahissant,

le sceau à notre malheur mutuel et irréparable.

Livré à ces réflexions et souffrant des doutes les plus horribles, je délibérais, je priais, je versais d'abondantes larmes. J'écrivis enfin quelques mots à Juan pour lui faire connaître avec franchise mes doutes et mes craintes. J'exprimais d'abord les difficultés qui me paraissaient devoir s'opposer à ma fuite. Je disais : « Peut-on croire qu'un homme que tout Madrid, que toute l'Espagne poursuivra, pourra réellement parvenir à s'échapper ? La fuite d'un religieux est une chose par elle-même déjà presque impossible. Et comment pourrait-il ensuite rester caché ? Les cloches de tous les couvens de l'Espagne sonneraient d'elles-mêmes pour donner l'alarme sur sa désertion. Les pouvoirs civils, militaires et ecclésiastiques seraient tous sur le qui vive. Chassé, poursuivi, au désespoir, j'errerais de ville en ville sans trouver nulle part de retraite. Il me faudrait braver le courroux de l'église, la vengeance des lois, la haine de la société, les soupçons du peuple au milieu duquel je serais obligé de me glisser, en évitant et en maudissant sa pénétration. Songez à tout cela et à la croix enflammée de l'Inquisition brillant dans le lointain pour couronner le reste. O Juan! que ne pouvez-vous savoir les terreurs dans lesquelles j'ai vécu, dans lesquelles j'aimerais mieux mourir que de les éprou-

ver de nouveau, dût ma délivrance
en être la suite ! »

Je continuai long-temps sur le même
ton ; je répétai l'observation du peu
de chance qu'il y avait qu'un religieux
espagnol pût quitter son couvent, et
je terminais par demander à mon frère,
quand même tout réussirait au gré de
nos désirs, quand je parviendrais à
sortir de ma prison, quand l'Inquisition ne me découvrirait pas ou fer-
merait les yeux sur ma fuite, ce que
je deviendrais et comment je ga-
gnerais ma vie. Je n'étais bon à
rien ; je ne connaissais aucune profes-
sion.

Aussitôt que j'eus achevé cette lettre,
une impulsion, dont il m'est impossible

de rendre compte, fit que je la déchi-
rai en mille morceaux, et les brûlai
soigneusement l'un après l'autre à ma
lampe. Je retournai ensuite veiller à la
porte du passage, qui était pour moi la
porte de l'espérance. En passant dans
le corridor, je rencontrai un homme
d'un aspect repoussant. Je me rangeai
contre le mur, car j'avais pris pour règle
de conduite de n'avoir avec les frères
d'autres communications que celles que
la discipline exigeait. Néanmoins, en
passant devant moi, il toucha ma robe
et me lança un regard significatif. Je
compris sur-le-champ que c'était là la
personne dont Juan m'avait parlé dans
sa lettre. Quelques instans après, étant
descendu au jardin, je trouvai un billet

qui confirma mes conjectures. Il contenait ces mots :

« Je me suis procuré l'argent ; je me suis assuré de notre agent. C'est un démon incarné, mais son courage et son intrépidité ne peuvent être révoqués en doute. Promenez-vous dans le cloître demain soir. Quelqu'un touchera votre robe ; saisissez son poignet gauche, ce sera le signal. S'il hésite, dites-lui à l'oreille : *Juan !* Il répondra *Alonzo*. C'est là votre homme. Suivez ses conseils. Il vous fera connaître toutes les démarches que j'ai faites. »

A la lecture de ce billet, il me semblait être devenu une machine montée pour remplir certaines fonctions auxquelles sa coopération est inévitable.

L'active vigueur des mouvemens de Juan me donnait malgré moi l'impulsion, et n'ayant pas le temps de délibérer, je n'avais par conséquent pas celui de faire un choix. Quand une volonté étrangère et puissante agit de cette manière sur nous, quand un autre entreprend de presser, de sentir et d'agir pour nous, c'est avec plaisir que nous lui abandonnons notre responsabilité physique et même morale. Nous disons avec la lâcheté de l'égoïsme : Soit ! vous avez décidé pour moi ; sans réfléchir que le tribunal de Dieu n'admet point de caution. Je me promenai dès le lendemain soir dans le cloître. J'arrangeai mes vêtemens ; je composai mes regards ; on m'aurait cru plongé

dans la plus profonde méditation. Je
l'étais en effet; mais je ne songeais pas
aux sujets dont on me croyait occupé.
Tandis que je marchais quelqu'un toucha ma robe. Je tressaillis, et, à ma
grande consternation, je vis un des
frères qui me demanda pardon de ce
que la manche de sa tunique avait
touché la mienne. Deux minutes après
un autre religieux me toucha. Je sentis
la différence. Il y avait une force intel-
ligente et communicative dans ce mouvement. Ce dernier saisit ma robe
comme quelqu'un qui ne craint point
d'être connu, et qui n'a pas d'excuses à
faire. Comment se fait-il que dans la
vie le crime nous saisisse d'une main
ferme et sans crainte, tandis que la

conscience la plus pure tremble en glis-
sant sur le bord de notre habit? Je ser-
rai son poignet d'une main mal assurée,
et lui dis à l'oreille: *Juan!* Il répondit:
Alonzo! et ne s'arrêta pas un moment.
Il me resta pour lors quelques instans
pour réfléchir à la singularité de ma
destinée, qui se trouvait confiée à la
fois à deux êtres dont l'un était l'honneur du genre humain et l'autre sa
honte. J'éprouvais une antipathie incroyable pour toute communication
avec un monstre qui avait essayé de
laver son parricide dans une dévotion
simulée. Je ne craignais pas moins les
passions de Juan et sa précipitation.
Enfin je fus convaincu que j'étais soumis à une puissance qui m'inspirait un

invincible effroi, et qu'il fallait, pour me délivrer, obéir à tout ce que cette puissance exigerait de moi.

La soirée d'après, je commençai ma promenade. Je n'oserais affirmer que mon pas fût aussi ferme ; mais je puis attester qu'il avait une régularité artificielle bien plus parfaite que la veille. La même personne toucha de nouveau ma robe, et nomma à voix basse Juan. Après cela, je ne pouvais plus hésiter. Je dis en passant : « Je suis en votre pouvoir. » Une voix rauque me répondit : « Non, je suis dans le vôtre. » Je murmurai : « Soit. Je vous entends : nous nous appartenons. » — « Oui. Nous ne pouvons parler ici ; mais une occasion favorable s'offre à nous. De-

main est la veille de la Pentecôte.
Les membres de la communauté vont
deux à deux à l'autel passer une heure
en prière, et cette cérémonie continue
toute la nuit. L'aversion' que vous
avez inspirée à tous les frères est si
vive', qu'ils ont unanimement refusé
de faire la prière avec vous. Vous se-
rez donc seul. Votre heure est de deux
à trois. Je viendrai vous trouver ; nous
pourrons causer sans qu'on nous in-
terrompe ou qu'on nous soupçonne. »

A ces mots, il me quitta. Tout se
passa comme il me l'avait prédit. Les
moines se rendirent deux à deux à la
prière. Quand mon tour fut venu, on
me réveilla, et je descendis seul à l'é-
glise.

CHAPITRE XIV.

Je ne suis pas superstitieux, mais en
entrant dans l'église j'éprouvai un fris-
son inexprimable et qui semblait se
communiquer jusqu'à mon âme. Je m'approchai de l'autel ; j'essayai de me mettre
à genoux ; une invincible main me re-
poussait, une voix semblait me demander ce que je venais faire en ce lieu. Je
songeai que ceux qui m'y avaient pré-
cédé avaient été absorbés dans la prière,
et que ceux qui m'y suivraient vien-
draient rendre même hommage à la divinité, tandis que moi je n'entrais dans

l'église qu'avec un projet d'imposture et
de perfidie; que j'abusais des momens
consacrés au service de Dieu pour com-
biner les moyens de me dérober à ce
service. Tout me disait que j'étais un
fourbe qui me servais des voiles mêmes
du temple pour couvrir ma fourberie.
Je tremblais de mon projet et de moi-
même; je m'agenouillai, cependant,
quoique je n'osasse pas prier; les marches de l'autel me paraissaient plus
froides qu'à l'ordinaire; je frémissais
du silence que j'étais obligé de garder.
Hélas! comment pouvons-nous espérer
le succès d'une entreprise que nous
n'osons pas confier à Dieu! La prière,
quand nous nous y livrons avec ferveur,
ne se borne pas à nous rendre éloquens,

elle communique encore aux objets qui
nous entourent une sorte d'éloquence
qui répond à la nôtre. Jadis quand
j'épanchais mon cœur devant Dieu, il
me semblait que les lampes brillaient
d'un plus grand éclat, que les images
des saints me souriaient. L'atmosphère
silencieuse de la nuit se remplissait
de formes et de voix, et chaque zé-
phir qui soupirait devant ma fenêtre,
m'apportait les accords célestes des anges. Maintenant tout était tranquille; les
lampes, les images, l'autel, la voûte,
tous me contemplaient en silence; ils
m'entouraient comme des témoins ac-
cusateurs, dont la seule présence, sans
même qu'ils ouvrent la bouche, suffit
pour vous condamner. Je n'osais

lever les yeux, je n'osais parler, je
n'osais surtout prier, de peur de dévoiler une pensée sur laquelle je ne pouvais implorer les bénédictions de Dieu.
J'oubliais qu'il est aussi inutile qu'impie
de prétendre garder un secret que Dieu
doit savoir.

Mon agitation n'avait pas duré fort
long-temps quand j'entendis marcher;
c'était l'homme que j'attendais. « Levez-vous, » me dit-il, car j'étais à genoux. « Levez-vous ; nous n'avons pas de
temps à perdre. Vous ne devez rester
qu'une heure dans l'église, et j'ai bien
des choses à vous dire dans cette
heure. »

Je me levai, il continua : « La nuit
de demain est fixée pour votre fuite. »

III.   7

— « La nuit de demain! Dieu tout-puissant! »

— « Oui. Dans les projets désespé-rés, il y a toujours moins de danger à se presser qu'à languir. Déjà des milliers d'yeux et d'oreilles nous guettent; un seul mouvement faux ou équivoque nous mettrait dans l'impossibilité d'é-chapper à leur vigilance. Il peut y avoir quelque danger à nous hâter ainsi; mais c'est un mal inévitable. Demain, quand minuit aura sonné, descendez à l'église; il est probable que vous n'y trouverez personne. Si par hasard il y avait quel-qu'un occupé à prier ou à méditer, re-tirez-vous, pour éviter les soupçons. Retournez aussitôt que l'église sera libre: j'y serai. Voyez-vous cette porte? En

disant ces mots, il me montrait du doigt
une petite porte que j'avais souvent re-
marquée, mais que je ne me rappelais
pas d'avoir jamais vu ouverte. « J'en ai
obtenu la clef, » ajouta-t-il,... « n'importe par quel moyen. Elle conduisait
autrefois dans les caveaux du couvent ;
mais par des motifs extraordinaires, et
que je n'ai pas le temps de vous expliquer à présent, on a ouvert un autre
passage et celui-ci n'a plus été employé
ou fréquenté depuis plusieurs années.
Il nous conduira vers un passage de
traverse qui communique, à ce qu'on
m'a dit, par une trape, avec le jardin. »

« A ce qu'on m'a dit ! » répétai-je, » juste
ciel ! c'est donc sur un bruit vague que
vous vous fiez dans une affaire aussi im-

portante! Si vous n'êtes pas sûr que ce
passage existe, ou si vous n'en connais-
sez pas parfaitement la direction, nous
pouvons errer toute la nuit dans ses dé-
tours, ou, peut-être,.... »

— « Ne m'interrompez plus par
de si faibles objections. Je n'ai pas le
temps de prêter l'oreille à des craintes
que je ne puis ni dissiper ni partager.
Si nous arrivons sains et saufs par la
trape au jardin un autre danger nous
attend. »

Il s'arrêta comme un homme qui
veut voir l'effet de la frayeur qu'il vient
lui-même de faire naître, non par mé-
chanceté, mais par vanité et pour faire
paraître son propre courage plus grand,
puisqu'il veut l'affronter. Je gardai le

silence, et n'entendant de ma part, ni flatterie, ni·crainte, il continua :

« Deux énormes chiens sont lâchés toutes les nuits dans le jardin ; il faudra les faire taire. Le mur a seize pieds de haut ; votre frère s'est procuré une échelle de corde qu'il nous jettera, et au moyen de laquelle vous pourrez descendre en sûreté. »

— « En sûreté ! mais Juan lui-même sera en danger. »

— « Ne m'interrompez plus. Le danger que nous avons à courir dans les murs du couvent est le moindre qui nous attende : quand nous en serons sortis, où trouverons-nous un asile et le secret qui nous sera nécessaire ? L'argent de votre frère vous mettra peut-

être en état de quitter Madrid. Il en ré-
pandra beaucoup, et chacun de vos
pas devra être marqué par son or; mais
après cela les dangers se présenteront
en si grand nombre que l'entreprise
et les périls nous paraîtront à peine
commencés. Comment traverserez-vous
les Pyrénées ? Comment.... »

Il passa sa main sur son front, de
l'air d'un homme qui fait un effort au-
dessus de ses moyens et qui éprouve le
plus grand embarras pour effectuer son
dessein. Ce mouvement me parut si
plein de sincérité que j'en fus vivement
frappé. Il servit de contre-poids à mes
préventions; en attendant, plus il m'inspirait de confiance, plus je partageais
ses craintes. Je répétai après lui :

« Comment ferai-je en définitive pour me sauver? Je puis, par votre secours, traverser ce labyrinthe souterrain, dont les vapeurs froides me glacent déjà en imagination. Je puis retrouver la lumière, monter et redescendre la muraille; mais après tout cela, comment me sauverai-je? Comment ferai-je pour subsister? l'Espagne entière n'est qu'un vaste monastère. Chaque pas que je ferai me ramènera vers ma prison. »

« Ce soin regarde votre frère, » répondit-il un peu sèchement, « j'ai fait ce que j'avais entrepris. »

Je lui fis ensuite diverses questions sur les détails de ma fuite; ses réponses furent monotones, évasives, et si peu satisfaisantes, que je sentis renaître

d'abord tous mes soupçons et puis toutes
mes craintes. Je lui demandai comment
il avait fait pour se procurer la clef.

« Ce ne sont pas vos affaires. » Telle
fut la réponse uniforme que je reçus,
non-seulement à cette question, mais
encore à toutes celles que je lui fis sur la
manière dont il s'y était pris pour obtenir les moyens de faciliter ma fuite.
Je fus à la fin forcé de renoncer à l'espoir de satisfaire ma curiosité et reve-
nant à ce qu'il m'avait dit, je repris :

« Mais ce terrible passage près des caveaux ! La possibilité, la crainte que
nous n'en sortions jamais ! songez à ce
c'est que d'errer au milieu de ruines sé-
pulcrales , à trébucher sur des morts,
à rencontrer ce que je n'ose décrire :

songez à l'horreur de se trouver parmi ces êtres qui n'appartiennent ni aux vivans ni aux morts, ces êtres qui se jouent avec les cadavres, qui se régalent et qui vivent au sein de la corruption ! Faut-il que nous passions près des caveaux ? »

— « Qu'importe ? j'ai peut-être plus de raisons de les craindre que vous. L'ombre de *votre* père s'élèvera-t-elle du sein de la terre pour vous foudroyer ? »

Ces mots qu'il avait prononcés pour m'encourager me firent au contraire frémir; ils étaient prononcés par un parricide, se vantant de son crime, à minuit dans une église, et en présence des saints dont les images silencieuses semblaient péné-

III. 8

trées d'horreur. Afin d'oublier s'il était
possible la sensation que je venais d'é-
prouver, je parlai de la hauteur du mur et
de la difficulté de fixer l'échelle de cordes
sans être aperçus. Il me répondit encore :

« Tout cela me regarde ; tout est déjà arrangé. »

Je remarquai que chaque fois qu'il
me parlait ainsi, il détournait les yeux
et coupait ses mots en monosyllabes.
Je vis enfin que la chose était sans remède et qu'il fallait absolument que je
m'abandonnasse entièrement à lui. A
lui ! grand dieu ! Quelles furent mes
sensations quand je me fus convaincu
de cette nécessité ! J'étais donc en son
pouvoir ! cette idée pénétra jusque dans

mon âme. Et cependant je ne pus m'empêcher de parler encore des difficultés
insurmontables qui me paraissaient devoir s'opposer à ma fuite. Pour lors il
perdit patience et me reprocha ma timidité et mon ingratitude ; quand je
le vis reprendre son ton naturellement
féroce et menaçant, je sentis plus de
confiance en lui que quand il avait essayé de le déguiser. Dans ses discours,
composés moitié de remontrances et
moitié d'invectives, il déployait tant
d'habileté, tant d'intrépidité et tant
d'art que je commençai à sentir une
espèce de sécurité douteuse. Je fus convaincu du moins que s'il y avait un
homme au monde capable de me délivrer, ce ne pouvait être que lui ; la

crainte lui était totalement inconnue. Il
n'avait aucune idée de la conscience.
Quand il parlait du crime qu'il avait commis, c'était pour m'inspirer une haute
idée de son audace. Je m'en aperçus à
l'expression de sa physionomie, car je l'a-
vais involontairement regardé ; son œil
n'était point creusé par les remords, ni
vague par l'effet de la crainte. Il se fixait
sur moi fier, menaçant et à fleur de
tête. Le danger n'excitait en lui qu'une
seule idée ; le désir et le besoin de le
surmonter. Il formait une entreprise
hasardeuse comme un joueur qui se
place vis-à-vis d'un adversaire digne
de lui ; et quand il y allait de la vie ou
de la mort, il lui semblait seulement
que l'enjeu était augmenté ; forcé

d'employer plus de talent et plus de courage, la nécessité lui fournissait les moyens dont il avait besoin.

Notre conférence tirait à sa fin, quand tout-à-coup il me vint dans l'idée que cet homme s'exposait à un danger qu'il n'était nullement probable qu'il voulût braver pour moi seul, et je résolus à tout prix d'éclaircir au moins ce mystère. Je lui dis donc : « Mais comment pourvoirez-vous à votre propre sûreté? Que deviendrez-vous quand ma fuite sera découverte? Le seul soupçon que vous y ayez pris part, ne suffira-t-il pas pour vous exposer aux châtimens les plus cruels? Et que sera-ce quand ce soupçon deviendra la plus irrécusable certitude? »

Il m'est impossible de décrire le changement qui s'opéra dans ses traits pendant que je prononçais ces mots. Il me regarda d'abord sans parler, avec un mélange indéfinissable de sarcasme de dédain, de doute et de curiosité; puis il s'efforça de rire; mais les muscles de son visage n'étaient pas assez souples pour le lui permettre, ils ne purent produire qu'une espèce de ris sardonique, dont l'horreur surpasse toute imagination. C'est une chose effrayante que la gaîté du crime; son sourire s'achète au prix de tant de gémissemens! Mon sang se glaça en le regardant. J'attendais qu'il parlât, pour que le son de sa voix me soulageât. A la fin il me dit:

« Croyez-vous que je sois assez sot
pour travailler à votre liberté, au risque de perdre à jamais la mienne, peut-
être la vie ? au risque d'être livré à l'Inquisition ? »

Il voulut de nouveau rire.

« Non, non, il faut que nous fuyions
ensemble. Pouviez-vous supposer que
je prendrais tant d'intérêt à une aven-
ture où je ne serais que le confident ?
Je pensais à mon propre danger ; je cal-
culais ma propre sûreté. Notre position réciproque a réuni par hasard deux
caractères fort opposés dans la même
chance, mais cette union est désormais
inévitable et *inséparable*. Votre destinée est liée à la mienne par un lien
qu'aucun effort humain ne pourra rom-

pre. Nous ne nous séparerons plus dans ce monde; le secret que chacun de nous possède est sous la garde de l'autre. Nous sommes mutuellement les maîtres de nos jours, et un moment d'absence peut être un moment de trahison. Notre vie devra se passer à épier réciproquement l'air que nous respirons, les regards que nous lançons, à craindre le sommeil comme un traître involontaire, et à écouter les murmures interrompus de nos songes mutuels. Nous pouvons nous haïr, nous tourmenter, être fatigués l'un de l'autre, ce qui est pis encore que la haine, mais nous séparer, jamais.»

Mon âme entière se révolta à ce tableau d'une liberté pour laquelle j'avais

tant risqué. J'examinais l'être formidable avec lequel mon existence allait
être désormais, pour ainsi dire, incor-
porée. Il allait se retirer, mais il s'arrêta non loin de moi pour répéter ses
dernières paroles, ou peut-être pour
en observer l'effet. J'étais assis sur les
marches de l'autel; l'heure était avan-
cée, les lampes qui éclairaient l'église
ne donnaient plus qu'une lumière af-
faiblie, et la position était telle qu'à
l'exception de son visage et d'une de
ses mains, qu'il étendait vers moi, tout
son corps était enveloppé dans les ténèbres, ce qui donnait à cette tête pâle
et fortement éclairée, un aspect véri-
tablement effrayant. Ses traits, au lieu
d'être féroces, ne furent plus que som-

bres et lugubres, quand il répéta les
mots : « Nous séparer, jamais : je dois
être à jamais près de vous. » Et le son
grave de sa voix retentit comme le tonnerre dans l'église. Un grand silence
suivit. Il resta dans la même position,
et je n'eus pas la force de changer la
mienne. L'horloge sonna trois heures,
et me rappela que le temps de ma prière
était écoulé. Nous nous séparâmes, et
nous sortîmes de l'église par des che-
mins opposés. Les deux religieux qui
devaient me remplacer arrivèrent heureusement un peu tard ; l'un et l'autre
étaient accablés de sommeil, de sorte
qu'ils ne firent pas attention à nous.

Je pourrais aussi facilement mettre de
la suite dans la description d'un songe,

que vous faire connaître ou même vous
donner une légère idée de ce qui se
passa dans mon esprit pendant la journée du lendemain : tantôt je me croyais
prisonnier. Tantôt libre ; dans un moment j'étais l'homme le plus heureux,
dans un autre je périssais au milieu des
flammes de l'Inquisition. Les fréquentes
alternatives d'espérance et de désespoir
que j'éprouvais tour-à-tour , me pri-
vaient de toutes mes facultés. La nuit
arriva à la fin ; je ferais peut-être mieux
de dire que le jour parut, car ce jour
avait été une nuit pour moi. Tout m'é-
tait propice : le couvent dormait, j'en-
trouvris plusieurs fois la porte de ma
cellule pour m'en assurer. Il dormait,
aucun pas ne retentissait plus dans les

corridors; pas une voix ne résonnait
sous un toit qui renfermait tant d'individus. Je me dérobai enfin de ma
cellule; je descendis à l'église : cette
démarche n'avait rien d'extraordinaire,
elle était habituelle à ceux dont la
conscience ou les nerfs étaient troublés
pendant le calme profond et triste
d'une nuit de couvent.

En approchant de la porte de l'église,
où des lampes brûlaient toute la nuit,
j'entendis une voix humaine; je me
retirai effrayé : c'était un vieux moine
qui était descendu pour demander à
un saint, auquel il portait une dévotion particulière, de le délivrer d'une
très-vive douleur de dents qui l'empêchait de dormir. Je fus singulièrement

contrarié en le voyant, d'autant plus
qu'il resta fort long-temps et que je
craignais qu'il ne fût remplacé par un
autre; je vis en effet approcher quelqu'un. Je me retournai, et ma satisfac-
tion fut extrême en apercevant mon
compagnon; je lui fis comprendre par
un signe ce qui m'empêchait d'entrer
dans l'église. Il me répondit de même,
et s'éloigna de quelques pas, après m'a-
voir montré un trousseau d'énormes
clefs qu'il cachait sous sa robe. Cette
vue me ranima, et j'attendis encore une
demi-heure dans les souffrances mentales les plus intolérables. J'entendis
sonner deux heures, je frappai du pied
avec autant de véhémence que la prudence me le permettait; je n'étais d'ail-

leurs nullement tranquilisé par l'impatience visible de mon compagnon, qui sortait de temps à autre de derrière la colonne où il s'était caché, et me jetait un coup d'œil inquiet et égaré, auquel je répondais par un regard de désespoir. Il se retirait ensuite marmottant des malédictions entre ses dents, et les grinçant avec un bruit affreux que j'entendais distinctement, vu que je retenais mon haleine.

Je pris à la fin une résolution désespérée; j'entrai dans l'église, et m'avançant droit à l'autel, je m'agenouillai sur ses marches. Le vieux moine me vit; imaginant que j'y étais venu dans quelque intention semblable à la sienne, il s'approcha de moi et m'in-

vita à joindre nos prières, afin que
chacun de nous profitât de celles de
l'autre. Il y a quelque chose d'étrange
dans cette union des intérêts les plus
élevés et les plus minutieux de la vie.
J'étais un prisonnier, n'aspirant qu'à
la liberté, et risquant mon existence
pour l'obtenir. Tout mon bonheur
temporel, peut-être même celui de
mon éternité, dépendait d'un moment;
et à côté de moi priait un être dont la
destinée était à jamais fixée, qui allait
traîner quelques années encore dans
l'obscurité d'un cloître, et qui venait
au pied des autels, demander à Dieu
la rémission d'une douleur momentanée
que j'aurais consenti à souffrir toute ma
vie pour un moment de liberté.

Quand il m'adressa la parole, je m'é-
loignai involontairement : je sentais que
le but de nos prières était différent, et
je n'osais scruter mon cœur pour en
découvrir le motif. Je ne pouvais, dans
le moment, décider qui de nous deux
avait raison, de lui dont la demande
ne déshonorait point le lieu où elle se
faisait, ou de moi qui, forcé de lutter
contre une existence désorganisée et
contraire à la nature, étais sur le point
d'en violer les vœux. Je me mis néanmoins à genoux, et je priai pour son
rétablissement avec d'autant plus de
sincérité, que le succès de ma demande
assurait sa retraite. Je tremblai pourtant en songeant à mon hypocrisie. Je
profanais l'autel de Dieu. Je me riais

des souffrances mêmes de l'individu
pour lequel je priais. J'étais le pire de
tous les hypocrites; je l'étais à genoux,
en face de l'autel. Je voulus, à la vérité, m'excuser en me disant que l'on
m'avait forcé à ce que je faisais, et en
rejetant ma faute sur les autres, mais
je sentis que ce n'était ni le lieu ni le
moment de faire mon examen de conscience. Quoi qu'il en soit, je m'agenouillai, je priai, je tremblai, jusqu'à
ce que le pauvre patient, soit qu'il fût
un peu soulagé, soit qu'il se fatiguât de
prier en vain, se leva et se retira à pas
lents. Pendant quelques instans mon
inquiétude fut extrême, par la crainte
qu'un autre fâcheux ne survînt; mais
je me tranquilisai en entendant le pas

III.   9

ferme et décidé de mon compagnon.
Il était à mes côtés, et après avoir prononcé quelques juremens qui me parurent doublement affreux, à cause du
lieu où je me trouvais, il s'empressa de
courir à la porte : il tenait en main le
trousseau de clefs, et je suivis comme
par instinct ce gage de ma délivrance.

La porte était fort basse; nous des-
cendîmes quatre marches pour y arriver. Mon guide y appliqua la clef, en
enveloppant le trousseau dans sa robe
pour en étouffer le bruit. A chaque
essai qu'il faisait pour la faire tourner,
il reculait, grinçait des dents, frappait du pied. La serrure ne cédait pas.
Je joignais les mains au désespoir et les
tordais.

« Cherchez une lumière, » me dit-il.
« Prenez une lampe devant une de ces
figures. »

La légèreté avec laquelle il parlait
des saintes images me fit frissonner.
L'action qu'il exigeait de moi me paraissait un véritable sacrilége. J'allai
pourtant, et d'une main tremblante je
pris une lampe, avec laquelle je l'éclai-
rai pendant qu'il essayait de nouveau la
clef. Durant ces nouvelles tentatives,
nous nous communiquions mutuellement nos craintes à voix basse.

« N'ai-je pas entendu du bruit ? »

— « Non ; c'était seulement l'écho
de cette opiniâtre et bruyante serrure.... Quelqu'un vient, je crois. »

— « Personne. »

— « Regardez dans le passage. »

— « Je ne pourrais plus vous éclairer. »

— « N'importe, le premier point est de ne pas être découvert. »

— « Non, le plus important est de nous sauver. »

Je dis ces mots avec un courage qui fit tressaillir mon compagnon, et posant ma lampe à terre, je joignis mes efforts aux siens pour faire tourner la clef. La serrure résistait toujours; elle était invincible. Nous essayâmes de nouveau, en serrant les dents et en retenant notre haleine. Nos mains étaient déchirées. Ce fut en vain.... encore.... toujours en vain. Soit que la férocité naturelle de mon compagnon lui fît

supporter moins bien que moi les con-
trariétés, soit que son courage, comme
il arrive souvent, fût plus sensible à
une légère douleur physique qu'aux périls qui menaçaient sa vie, ou pour
quelque autre motif que je ne puis exprimer, il s'assit sur les degrés qui
conduisaient à la porte, essuya avec
la manche de sa robe les larges gouttes
de sueur qui ruisselaient de son front,
et me jeta un regard qui exprimait à
la fois son désespoir et sa sincérité.
L'horloge sonna trois heures. Ce son
fit sur mon oreille l'effet de la trompette qui doit infailliblement résonner
au jour du jugement. Mon guide joi-
gnit les mains avec une douleur féroce
et convulsive qui aurait pu donner une

idée de la mort du pécheur impénitent,
de cette agonie sans remords, de cette
souffrance sans espoir et sans consolation, qui imprime parfois au crime
l'apparence de la magnanimité, et qui
nous inspire une horrible admiration
pour l'âme déchue à laquelle nous n'o-
sons sympathiser.

« Nous sommes perdus! » s'écria-t-
il; « *vous* êtes perdu! A trois heures
un moine doit venir méditer dans l'é-
glise. » Puis il ajouta d'une voix plus
basse et avec un accent horrible : « J'entends déjà ses pas dans le passage. »

Comme il prononçait ces mots, la
clef, qu'il n'avait cessé de tenir, tour-
na enfin dans la serrure. La porte
s'ouvrit et nous trouvâmes un passage

libre. Mon compagnon se remit à cette
vue, et au bout d'un instant nous eûmes franchi l'un et l'autre le seuil. Notre premier soin fut de retirer la clef
et de fermer la porte en dedans. Pendant cette opération, nous découvrî-
mes avec plaisir que nous avions eu
une fausse alerte et que personne n'é-
tait entré dans l'église. Quand nous
eûmes fermé la porte, nous nous re-
gardâmes avec une confiance renais-
sante, et nous commençâmes notre
voyage en silence et en sûreté.

En sûreté! Juste Ciel! je n'en tremblais pas moins à la pensée de ce
voyage souterrain dans les caveaux
d'un couvent, avec un parricide pour
guide et pour compagnon ; mais un

grand danger nous familiarise avec ce
qu'il y a de plus horrible. Si l'on
m'avait raconté d'un autre ce que je
faisais, je l'aurais regardé comme
l'homme le plus téméraire et le plus
imprudent qu'il y eût au monde, et
c'était moi. Vos romans, Monsieur,
vous ont accoutumé aux passages sou-
terrains et aux horreurs surnaturel-
les; mais c'est en vain que la plume
la plus exercée s'efforcerait de rendre
affreuse la description de l'état où je
me trouvais : elle ne saurait approcher
de ce que l'on doit infailliblement éprouver quand on s'engage dans une entreprise au-dessus de ses forces, de son
expérience ou de son calcul, et que l'on
est obligé de confier sa vie et sa déli-

vrance à des mains fumantes du sang
paternel. Ce fut en vain que je m'efforçai de m'y accoutumer, en me disant que ce n'était que pour peu de
temps ; je voulais en vain me persua-
der que, dans des entreprises de ce
genre, de pareils associés étaient iné-
vitables. Je frémissais de ma position, de moi-même, et cette terreur
est insurmontable. Les pierres me faisaient trébucher ; je frissonnais à chaque pas que je faisais. Un brouillard
s'élevait devant mes yeux ; il me semblait que la lumière s'affaiblissait. Mon
imagination commençait à travailler,
et quand j'entendis les malédictions
avec lesquelles mon compagnon me
reprochait ma lenteur involontaire,

III.   10

j'eus un moment l'idée que je suivais
les pas d'un démon qui m'avait séduit
pour m'entraîner dans l'abîme.

Nos courses dans le passage semblaient ne pas devoir finir. Mon compagnon tournait à droite, à gauche,
s'avançait, se retirait, s'arrêtait (ses
pauses étaient affreuses!) puis s'avançait de nouveau, essayait une autre
direction. Parfois le passage était si
bas, que pour le suivre j'étais obligé
de me traîner sur mes genoux et sur
mes mains, et même dans cette pos-
ture, ma tête heurtait contre la voûte.
Un temps assez considérable s'était
écoulé, du moins d'après mon calcul,
car l'effroi mesure mal les heures, quand
le passage devint si étroit et si bas, qu'il

me fut impossible d'avancer davantage ;
et je m'étonnai que mon compagnon
pût m'avoir devancé. Je l'appelai et ne
reçus point de réponse. Le passage, ou
plutôt le trou, était si obscur que je
ne voyais pas à dix pouces devant moi.
J'avais aussi la lampe à surveiller. Je
la tenais d'une main tremblante ; elle
commençait à brûler d'une lumière af-
faiblie par l'atmosphère épaisse du souterrain. Une frayeur-soudaine s'empara
de moi. Entouré de vapeurs malsaines,
j'éprouvai comme un accès de fièvre.
J'appelai encore, sans qu'aucune voix
répondît à mes cris. Dans des momens
de péril, la mémoire est malheureuse-
ment fertile. Je me rappelai et je ne pus
m'empêcher d'appliquer à ma position

l'histoire que j'avais lue de certains
voyageurs qui visitaient les catacombes,
dans les pyramides d'Egypte. L'un
d'eux, en se traînant, comme je faisais,
par terre, se trouva tout à coup arrêté;
et soit par la frayeur, soit par une
suite naturelle de sa situation, son
corps enfla à tel point qu'il lui devint
impossible d'avancer, de se retirer ou
de livrer passage à ses compagnons; les
autres étaient sur leur retour. Voyant
leur course arrêtée par cet obstacle invincible, leurs torches près de s'éteindre,
et leur guide effrayé au point de ne
pouvoir leur donner aucun conseil, ils
proposèrent, avec cette impulsion d'é-
goïsme qu'un danger pressant nous
donne toujours, ils proposèrent, dis-

je, de couper les membres de l'être malheureux qui obstruait leur passage. Il entendit cette proposition, et son corps se contractant par un spasme musculaire, rentra dans ses dimensions ordinaires. On le retira de la position pénible où il se trouvait ; mais il avait été suffoqué par l'effort, et on le laissa sans vie dans le caveau. Ces détails qui exigent du temps pour les expliquer, se présentèrent à la fois et au même instant à mon esprit. Que dis-je, à mon esprit ? Non, à mes sens. Je n'avais que des sensations ; et tout le monde sait que la douleur physique poussée à un haut degré, anéantit en nous toute autre faculté.

Je m'efforçai de retourner, toujours

en me traînant, au lieu d'où j'étais
venu. J'y réussis. Je crois que l'anecdote que je m'étais rappelée eut sur
moi un effet correspondant à celui dont
j'avais lu la narration, et je sentis réellement une contraction dans mes membres. Je fus presque délivré par la seule
sensation, et l'instant d'après je le fus
en effet. J'étais sorti du passage sans
savoir comment. Il faut que j'aie fait
un de ces efforts extraordinaires, dont
l'énergie est d'autant plus grande, que
nous ne la sentons pas nous-mêmes.
Quoi qu'il en soit, j'étais sauvé et je
restais épuisé et hors d'haleine, la lampe
mourante à la main, regardant autour
de moi, et ne voyant que les murs
noirs et humides et les arches de la

voûte qui semblait s'abaisser sur moi,
pour me priver à jamais de l'espérance
et de la liberté. La lampe s'éteignait à
vue d'œil. Je la contemplais d'un regard
fixe. Je savais que ma vie, ou ce qui
m'était plus cher encore, ma délivrance,
dépendait du soin avec lequel je guet-
terais sa dernière lueur, et cependant
je la regardais avec un œil hébété, un
regard stupéfait. Sa flamme devenait
de plus en plus faible. Cette vue me
réveilla. Je jetai les yeux autour de
moi ; un rayon plus vif me fit voir un
objet à mes côtés : je frissonnai, et sans
le vouloir je jetai des cris. Une voix
me dit : « Paix ! faites silence. Je ne
vous avais laissé que pour reconnaître
les passages. J'ai découvert le chemin

qui conduit à la trape. Soyez tranquille. Ne parlez pas : tout ira bien. »

J'avançai en tremblant ; il me parut
que mon compagnon tremblait aussi.
Il me dit à l'oreille : « Il me semble que
la lampe est presqu'éteinte. »

— « Vous voyez. »

— « Tâchez de la conserver pendant
quelques momens encore. »

— « J'y ferai mon possible ; mais
si je ne le puis, qu'arrivera-t-il ? »

— « Il faudra que nous périssions. »

Il dit ces mots avec un jurement si
affreux, que je crus que la voûte allait
tomber sur nous pour nous écraser. Il
n'en est pas moins vrai, monsieur, que
des sentimens d'une grande violence
conviennent le mieux aux occasions dé-

sespérées. Aussi les blasphèmes de ce misérable m'inspirèrent-ils une sorte de confiance horrible dans son courage. Il poursuivait son chemin en jurant toujours ; je marchais après lui, épiant la dernière lueur de la lampe avec une douleur qu'augmentait ma crainte d'indisposer encore davantage mon horrible guide. J'ai déjà observé que dans les plus affreux périls nous nous occupons souvent des détails les plus minutieux. Néanmoins quelque soin que j'y misse, ma lampe diminuait, tremblait, sa lumière pâlit enfin comme le sourire du désespoir et elle s'éteignit. Je n'oublierai jamais le regard que mon guide jeta quand il la vit au moment de finir. Je l'avais guettée comme les der-

niers battemens d'un cœur qui expire,
elle s'éteignit, et je me crus déjà du
nombre de ces âmes à qui l'obscurité
des ténèbres est réservée à jamais.

Ce fut dans ce moment qu'un léger
son frappa mon oreille glacée. C'était
les matines que les religieux commen-
çaient à chanter dans la chapelle située
au-dessous de nous. Cette voix céleste
nous fit frémir. Elle nous annonçait
l'existence d'un Dieu, tandis que nous
paraissions sourds à son nom. L'effet
qu'elle fit sur moi fut terrible. Je tombai par terre et je ne saurais dire si l'obscurité ou mon émotion m'avait fait trébucher. Mon compagnon, après m'a-
voir relevé rudement, m'adressa la parole d'une voix plus rude encore que

son bras. Il me dit avec des juremens
qui me glacèrent le sang que ce n'était
pas le moment de faillir ou de craindre.
Je lui demandai en tremblant ce qu'il
fallait que je fisse.

« Suivez-moi, me dit-il, et cherchez
en tâtonnant votre chemin dans l'obscurité. »

Paroles affreuses ! ceux qui nous font
connaître toute l'étendue de notre malheur nous paraissent toujours méchans,
car nos cœurs et notre imagination nous
le dépeignent moins grand qu'il n'est.
Nous apprenons la vérité de tout le
monde plutôt que de nous-mêmes.

Je le suivis dans une obscurité com-
plète, et en me traînant sur mes mains
et sur mes genoux, car je ne pouvais

plus me tenir debout. Cette position ne
tarda pas à me faire porter le sang à la
tête. Je me sentis d'abord étourdi, j'é-
prouvai ensuite une sorte d'imbécillité.
Je m'arrêtai, mon compagnon murmu-
ra un jurement et je pressai machinalement le pas comme un chien qui recon-
naît la voix de son maître. Déjà ma robe
était toute déchirée et je n'avais plus de
peau sur les genoux ni sur la paume des
mains. Ma tête avait reçu plusieurs
meurtrissures en frappant contre les
pierres aiguës et irrégulières qui garnissaient les parois et le toit de cet éternel passage; mais ce que j'éprouvais de
plus affreux était une soif ardente, causée par l'air épais que je respirais
depuis si long-temps joint à la vive

émotion à laquelle j'étais en proie. Je ne puis comparer cette sensation qu'à celle qu'occasionerait un charbon ardent qui brûlerait dans le gosier. Vainement je cherchais quelques gouttes de salive pour humecter ma bouche, je ne trouvais que du feu.

Tel était mon état quand je criai à mon compagnon qu'il m'était impossible d'aller plus loin. Restez donc, et pourrissez où vous êtes, » me répondit-il. Le discours le plus consolant n'eût peut-être pas fait sur moi autant d'effet que ces paroles. Cette confiance du désespoir, cette témérité qui bravait le danger, m'inspirèrent un courage momentané. Mais que devient le courage au sein des ténèbres et de l'incertitude ?

Les pas tremblans de mon guide, son
haleine oppressée, les malédictions qu'il
ne cessait de marmoter entre ses dents,
me firent deviner ce qui se passait. Je
ne me trompais point. Il s'arrêta à la fin,
et ce fut pour la dernière fois. J'entendis le dernier soupir du désespoir, le
grincement des dents, le bruit des mains
qui se joignaient ou plutôt se frappaient
par le sentiment involontaire d'un malheur sans remède. J'étais dans ce moment à genoux derrière lui, et je répétais
chaque cri, chaque geste, avec une véhémence qui fit tressaillir mon guide.
Il m'imposa silence en jurant; ensuite il
s'efforça de prier, mais ses prières res-
semblaient tant à des blasphêmes, et
ses blasphêmes avaient tant de ressem-

blance avec des prières adressées à
l'ange des ténèbres, qu'éperdu d'horreur, je le suppliai de cesser. Il se tut,
et pendant une demi-heure environ,
aucun de nous ne prononça une parole.
Nous nous couchâmes par terre comme
deux chiens épuisés d'une longue chasse
et qui ne peuvent plus poursuivre le
gibier qu'ils sont cependant sur le point
d'atteindre. Nous n'osions nous adresser la parole, car nos discours n'auraient servi qu'à augmenter réciproquement notre désespoir. Une des sensations les plus horribles qu'il y ait, est
peut-être cette espèce de crainte que les
autres partagent et dont nous n'osons
parler même à ceux qui la connaissent
de peur de l'augmenter. La soif qui me

dévorait sembla même se perdre dans cette nouvelle soif que mon âme éprouvait de se communiquer, tandis que toute communication était impossible ou du moins inutile; c'est sans doute là un des supplices des âmes condamnées. Elles savent tout ce qu'elles ont à souffrir et n'osent se dévoiler mutuellement cette horrible vérité qui n'est plus un secret, mais sur laquelle elles voudraient jeter du mystère par leur profond silence.

Ces momens qui me parurent éternels étaient cependant sur le point de cesser. Tout-à-coup mon compagnon se lève et jette un cri de joie. Je crus son esprit égaré; mais il jouissait de toute sa raison. Il s'écria : « Le jour! le jour!

Je vois la lumière du ciel! Nous sommes près de la trape! Je vois le jour! »

Au sein de l'horreur qui nous enveloppait, il n'avait cessé de tenir ses
regards élevés, car il savait que pourvu
que nous fussions près de la trape, la
plus faible lueur deviendrait visible par
la profonde obscurité dans laquelle nous
nous trouvions. Il avait raison. Je me
levai avec vivacité; je vis comme lui la
lumière; nous tenions les yeux tournés
vers ce point, tandis que nos mains
étaient jointes et nos bouches béantes.
C'était une ligne presqu'imperceptible
d'une lumière grisâtre qui brillait au-
dessus de nos têtes. Elle s'élargit, elle
devint plus brillante. C'était en effet la
lumière du ciel; bientôt après, le vent

III.   11

agréable et frais du matin arriva, jusqu'à nous à travers les fentes de la trape qui communiquait avec le jardin.

CHAPITRE XV.

Quoique la vie et la liberté parussent
si proches de nous, notre position était
encore fort critique. La lumière du
jour qui nous avait fait découvrir l'issue
du souterrain, pouvait aussi faciliter
les poursuites de nos ennemis; il n'y
avait pas un moment à perdre. Mon
compagnon me proposa de monter le
premier, et je n'osai lui faire d'observations. J'étais trop en son pouvoir
pour qu'il me fût possible de lui résister, et durant la jeunesse la supériorité dans la dépravation paraît toujours

une supériorité de puissance. Nous éprouvons un respect honteux pour ceux qui ont passé avant nous par les derniers degrés du vice. Cet homme était criminel, et son crime le rendait en quelque sorte sacré à mes yeux. Il est toujours facile d'acquérir par des forfaits une connaissance prématurée de la vie. Il en savait plus que moi; aussi le regardais-je comme ma plus précieuse ressource dans cette entreprise désespérée. Je le craignais comme un démon, et cependant je l'invoquais comme un Dieu.

Je consentis donc à ce qu'il me proposait. J'étais fort grand, mais il était plus robuste que moi; il s'éleva sur mes épaules; je pliais sous le poids; mais il

réussit à soulever la trape. Le grand
jour nous éclaira soudain tous deux ; il
lâcha prise à l'instant, et laissant retom-
ber la trape, il fut renversé lui-même
avec une violence qui m'entraîna par
terre avec lui.

« Les ouvriers sont là, s'écria-t-il,
nous sommes perdus s'ils nous voient.
Le jardin en est déjà rempli et ils y res-
teront toute la journée. Cette maudite
lampe nous a perdus ; si elle avait duré
quelques momens de plus, nous serions
parvenus au jardin, nous aurions franchi le mur et nous jouirions présentement de notre liberté, au lieu qu'à
présent..... »

Il se roulait par terre en parlant,
agité par des convulsions de rage et de

désespoir. Quant à moi, je ne trouvais rien de si terrible dans notre position; nous allions à la vérité perdre une journée; mais nous étions délivrés de la plus affreuse des inquiétudes, de la crainte d'errer dans l'obscurité jusqu'à ce que nous fussions morts de faim; nous avions trouvé la trape. Je mettais la plus grande confiance dans le zèle et dans la patience de Juan. J'étais sûr que s'il nous avait attendu cette nuit, il nous attendrait aussi la suivante et plus d'une encore après celle-là, enfin, je me disais que nous n'avions pas vingt-quatre heures à attendre, et un jour se pouvait-il comparer à l'éternité que nous aurions eu à passer dans le couvent?

Je fis toutes ces observations à mon
compagnon, tandis que je fermais la
trape, mais je découvris à ses plaintes, à ses imprécations, à l'inquiétude
que lui causaient son impatience et son
désespoir, toute la différence qu'il y a
entre un homme et un autre dans un
moment d'épreuve. Il possédait le courage actif et moi le courage passif. Il
était prêt à risquer son corps, sa vie,
son âme, quand il fallait agir. Dès qu'il
était question de souffrir, je devenais
le héros de la soumission. Tandis que cet
homme avec toute sa force physique
et la hardiesse de son âme, si je puis
m'exprimer ainsi, se roulait par terre
avec l'imbécillité d'un enfant qui se
livre à un accès de colère, j'étais son

consolateur, son conseiller, son soutien.
A la fin, il daigna écouter la raison; il
avoua que nous n'avions d'autre alterna-
tive que de rester vingt-quatre heures
dans ce passage obscur; mais telle est l'a-
gitation de l'esprit humain que cet
arrangement que peu d'heures auparavant nous aurions accueilli comme le
bienfait d'un ange qui s'intéressait à
notre délivrance, ne nous parut bientôt
plus qu'un supplice à peine supportable.
Nous étions tout-à-fait épuisés; les efforts de différens genres que nous avions
faits pendant cette nuit pourraient à
peine se concevoir. Je suis convaincu
que l'idée seule qu'il s'agissait pour nous
de la vie ou de la mort avait pu soute-
nir nos forces; et maintenant que la

lutte était passée, nous commencions à nous apercevoir de notre faiblesse. Nos souffrances mentales n'avaient pas été moins vives que celles de notre corps. Songez aussi, monsieur, à l'atmosphère peu naturelle que nous respirions depuis si long-temps, au milieu des ténèbres et des dangers. Nous éprouvions déjà ses premiers effets pestilentiels, effets qui se manifestaient tantôt par une sueur qui nous inondait, tantôt par un sentiment de froid qui nous glaçait jusqu'au sang. C'était donc dans cet état de fièvre et d'épuisement que nous devions passer une journée entière, au sein de l'obscurité et privés d'alimens! La journée précédente s'était écoulée dans une abstinence sévère et nous commencions

III. 12

à sentir les souffrances d'une faim qu'il
était impossible d'apaiser. Il fallait continuer à jeûner, jusqu'au moment de
notre délivrance, dans un lieu triste,
froid, humide, qui diminuait d'instant
en instant les forces dont nous aurions eu besoin.

La dernière pensée qui me vint, fut
celle du compagnon avec lequel j'allais
passer cette terrible journée; être que
j'abhorrais du fond de l'âme, mais dont la
présence était en même temps une malédiction irrévocable et une invincible nécessité. Nous restions donc là frissonnant
devant la trape et sans oser nous communiquer mutuellement nos sentimens.

Tout-à-coup, la lumière du ciel dis-
parut; je ne savais à quoi attribuer ce

phénomène, quand je sentis une averse,
la plus forte peut-être qui ait jamais
arrosé la terre, et qui, pénétrant par
les fentes de la trape, m'inonda complétement dans moins de cinq minutes.
Je quittai l'endroit où je me tenais; mais
déjà j'étais trempé jusqu'aux os. Cette
pluie fut suivie de coups de tonnerre si
violens que je me demandai un moment
si Dieu ne me poursuivait pas dans les
abîmes où je cherchais à fuir sa main
vengeresse. Les blasphêmes de mon
compagnon étouffaient presque les rou-
lemens du tonnerre, surtout quand il se
sentit tout le corps mouillé, tandis que
sur la terre l'eau s'élevait à la hauteur
de sa cheville. Il proposa pour lors de
nous retirer dans un enfoncement qu'il

connaissait et qui nous offrirait, disait-
il, un abri, ajoutant qu'il n'y avait que
quelques pas du lieu où nous étions, et
que nous retrouverions facilement notre
chemin. Je n'osai pas m'opposer à sa
volonté, et je le suivis dans cette obscure
retraite qui n'était séparée du reste du
caveau que par les débris d'une vieille
porte; la lumière avait reparu et je pouvais distinguer les objets qui m'environ-
naient. Les trous profonds que je vis
dans le mur me parurent faits pour
attacher un énorme verrou, et les gonds
de fer qui subsistaient encore, quoique couverts de rouille, indiquaient que
cette porte, d'une force extraordinaire,
avait sans doute servi à fermer l'entrée
d'un cachot. Bien qu'il n'y eût plus de

porte, je frémis en y entrant. Quand
nous y fûmes, nous nous jetâmes tous
deux par terre, hors d'état de faire un
mouvement de plus. Nous ne nous par-
lions pas, car nous sentions l'un et
l'autre un besoin irrésistible de sommeil, et quant à moi, je songeai avec
une parfaite indifférence que ce repos
serait peut-être le dernier que je prendrais. J'étais cependant sur le point de
recouvrer ma liberté, et malgré la situation déplorable où je me trouvais, j'étais
à mes propres yeux, plus digne d'envie
que dans la désespérante sécurité de
ma cellule. Il n'est, hélas ! que trop vrai
que notre âme se rétrécit à l'approche
d'un événement heureux, comme si ses
forces, épuisées par les efforts qu'elle

a faits pour l'obtenir, ne suffisaient plus
pour en jouir. C'est ainsi que nous
sommes toujours obligés de mettre l'espérance à la place du bonheur, et de
prendre les moyens pour le but, ou de les
confondre pour tirer d'eux une jouis-
sance qui, sans cela, ne serait que de la
lassitude sous un autre nom. Ces réflexions ne me vinrent pas dans le moment; j'étais trop fatigué. Il y a des cas,
monsieur, où le pouvoir de la pensée
nous accompagne jusqu'au bord du sommeil, et d'autres où il nous abandonne
durant la veille. Nous sommes prêts
alors à tout sacrifier au repos. Le repos
est le seul bienfait que nous deman-
dions à Dieu.

Telle était ma position quand je me

couchai sur la terre; et je ne devais cependant pas profiter long-temps de la
tranquillité dont j'avais si grand besoin.
Mon compagnon dormait comme moi.
Que dis-je? grand Dieu! quel sommeil
était le sien! qui aurait pu fermer l'œil
ou même l'oreille dans son voisinage! Il
parlait aussi haut et aussi continuelle-
ment que s'il s'était livré aux occupa-
tions habituelles de la vie. J'entendis
malgré moi le secret de ses songes. Je
savais qu'il avait assassiné son père; mais
j'ignorais que son parricide le poursuivait pendant son repos. Mon sommeil
fut interrompu par des accens pour le
moins aussi horribles que ceux que j'a-
vais entendus à mon chevet dans le couvent; ils me troublèrent avant de m'a-

voir réveillé. Ils augmentèrent, ils re-
doublèrent, et m'occasionnèrent un
cauchemar affreux. Je croyais que le supérieur et tout le couvent nous poursui-
vaient avec des torches enflammées, et
les faisaient briller jusque dans mes
yeux. Je jetai un cri; je dis : « Epargnez
ma vue ; ne m'aveuglez pas ; ne me rédui-
sez pas à un état de démence ; je confesse-
rai tout. » Une voix rauque me répéta:
« Confessez. » Je me réveillai en sursaut; ce n'était que la voix de mon compagnon qui dormait; je me levai sur
mes jambes et je le contemplai. Il se
roulait sur sa couche de pierre, comme
si c'eût été du duvet. On eût dit que son
corps étoit de fer ; l'irrégularité du pavé
n'avait aucun effet sur lui. J'ai beaucoup

entendu dire, j'ai beaucoup lu des horreurs du lit de mort du pécheur, je ne crois
pas qu'elles puissent être plus affreuses
que celles de son sommeil. Mon compagnon commença par murmurer quelques
mots à voix basse, parmi lesquels j'en distinguai plusieurs qui ne me rappelaient
que trop ce que j'aurais voulu oublier, du
moins tant que nous serions ensemble. Il
disait : « Un vieillard ?.. Oui... Eh bien ?
il a d'autant moins de sang. Des cheveux blancs ?.... n'importe ; mes crimes
ont contribué à les faire blanchir. Il y
a long-temps qu'il aurait dû les avoir
arrachés. Ils sont blancs, dites-vous ?..
Eh bien ! Ce soir ils ne le seront plus,
car ils seront teints de sang. Oui, oui;
je sais qu'il les montrera au jour du ju-

gement et qu'ils porteront témoignage
contre moi. Il sera à la tête d'une armée plus considérable que l'armée des
martyrs : l'armée de ceux qui ont eu
leurs enfans pour meurtriers. N'est-ce
pas la même chose d'arracher la vie à
ses parens ou de leur briser le cœur? J'ai
déjà brisé celui de mon père; la vie
lui sera d'autant moins douloureuse à
perdre. »

Après ce discours épouvantable il se
mit à rire; puis il frissonna et se débat-
tit. Tremblant d'horreur je voulus l'é-
veiller. Je secouai son bras musculeux;
je le roulai sur le dos, sur la figure: ce
fut en vain; il semblait que je le ber-
çasse : il n'en dormit que plus profondément, et continua à rêver.

« Emparez-vous de la bourse : je connais le tiroir de la commode où il la garde; mais auparavant assurez-vous qu'il est bien mort.... Eh quoi! vous n'osez pas?... Ses cheveux blancs vous font frémir! Son sommeil paisible!.... Oh! oh! croirait-on que des scélérats puissent être des sots?.... Il faut donc que ce soit moi : je le veux bien. La lutte sera courte. Il est possible qu'il soit damné; il est certain que je le serai. Chut!... Comme les degrés crient!.... Ne lui diront-ils pas que c'est son fils qui monte? Ils n'oseraient pas....; les murs les démentiraient. Pourquoi n'a-vez-vous pas graissé les gonds?... Nous y voici.... Il dort profondément... Oui, comme il est calme!... Ce calme le rend

plus propre à monter au ciel,.... Maintenant,... maintenant... je tiens le ge-
nou sur sa poitrine..... Où est le couteau?.... S'il me regarde, je suis perdu.
Le couteau!.... Je suis un lâche.... Le
couteau!... S'il ouvre les yeux, c'en est
fait de moi. Le couteau, maudits pol-
trons!... Qui oserait balancer quand je
tiens la gorge de mon père?... Là,...
là,... là,... il y a du sang jusqu'au manche :..... c'est le sang du vieillard....
Cherchez l'argent pendant que j'essuie
la lame.... Je ne puis l'essuyer, car les
cheveux blancs sont mêlés avec le sang.
Ces cheveux touchèrent mes lèvres la
dernière fois qu'il m'embrassa... J'étais
un enfant alors.... Alors, je ne l'aurais
pas tué pour le monde entier.... Main-

tenant,.... maintenant.... que suis-je?
Ah! ah! ah! que Judas secoue son sac
d'argent à côté du mien.... Il a trahi
son Sauveur, et j'ai assassiné mon père...
Argent pour argent, et âme pour âme,
j'ai vendu la mienne plus cher : il était
fou de donner son âme pour trente
pièces... Mais pour lequel de nous deux
les feux de l'enfer seront-ils plus ardens?... N'importe, je veux l'essayer. »

Aux discours horribles qu'il ne cessait de répéter, je l'appelai; je criai de
toutes mes forces, afin qu'il s'éveillât.
Il ouvrit enfin les yeux, et me dit,
avec un éclat de rire aussi effrayant que
ses songes : « Eh bien! qu'avez-vous
entendu?..... Je l'ai assassiné. Il y a
long-temps que vous savez cela. Vous

vous êtes fié à moi pour cette maudite entreprise, qui met dans un danger éminent la vie de l'un et de l'autre, et vous ne pouvez supporter de m'entendre parler à moi-même, quoique je ne dise rien que vous ne sachiez déjà. »

« Non, je ne puis le supporter, » répondis-je accablé d'horreur; « et je ne voudrais pas recommencer l'heure que je viens de passer, dût ma liberté en dépendre. Quelle affreuse idée que celle de rester une journée entière dans une obscurité profonde, mourant de faim et de froid, et écoutant les discours incohérens d'un.... Ne me lancez pas ce regard railleur; je sais tout : votre seul aspect me fait frémir. La main de fer de la nécessité a pu seule m'unir à vous

pour un moment. Nous sommes, hélas!
unis, mais pour mon malheur. Il faut que
je supporte cette affreuse alliance tant
qu'elle durera; mais n'en rendez pas les
momens trop horribles. Ma vie et ma
liberté sont dans vos mains; et, dans la
position où nous nous trouvons, je
pourrais dire encore ma raison. Je ne
puis souffrir l'effrayante éloquence de
votre sommeil. Si je suis forcé d'y prêter plus long-temps l'oreille, vous m'em-
mènerez de ces lieux vivant, mais privé
de raison : car ma tête n'est plus assez
forte pour supporter des tourmens sem-
blables. Ne dormez pas, je vous en con-
jure; souffrez que je veille à côté de
vous pendant cette horrible journée;
cette journée qui s'écoulera dans les

ténèbres et les souffrances, au lieu de
la lumière et du bonheur dont nous
espérions jouir. Je consens à souffrir la
faim, à grelotter de froid, à coucher
sur ces pierres dures et humides; mais
je ne puis souffrir vos songes. Si vous
dormez, je serai forcé de vous réveiller,
ne fût-ce que pour défendre ma raison.
Je sens que mes forces physiques dimi-
nuent rapidement, et j'en suis d'autant
plus jaloux de conserver celles de mon
entendement. Ne me regardez pas de
cet air menaçant. Vous êtes plus fort
que moi; mais le désespoir nous rend
égaux. »

Pendant que je prononçais ces paroles, ma voix avait l'éclat du tonnerre,
et des éclairs sortaient de mes yeux.

Je sentais toute la force que donne la colère, et je m'aperçus que mon compagnon n'y était pas insensible. Je continuai sur un ton qui me fit tressaillir moi-même.

« Si vous osez dormir, je vous réveillerai. Quand vous ne feriez que sommeiller, je ne vous laisserai pas un moment de repos. Vous veillerez avec moi. Pendant cette journée, nous souffrirons ensemble, je l'ai résolu. Je vous l'ai déjà dit : je puis tout souffrir, excepté les rêves inquiets d'un homme qui voit, dans son sommeil, l'image d'un père assassiné. Vous pouvez veiller, délirer, blasphémer ; mais vous ne dormirez pas. »

L'homme me regarda pendant quel-

III. 13

ques instans avec un étonnement qui
marquait, combien peu il m'avait cru
capable d'une telle énergie de passion
et de volonté. Quand il fut bien convaincu qu'il ne se trompait pas, l'expression de sa physionomie changea
tout-à-coup. Pour la première fois il parut sentir en commun avec moi; tout
ce qui avait un air de férocité était con-
forme à sa nature et lui plaisait. Il m'as-
sura avec des juremens qui me glacèrent
le sang, que mon courage lui faisait
plaisir. « Je veux me tenir éveillé, »
ajouta-t-il avec un bâillement qui laissait voir une gueule semblable à celle
d'un tigre qui se prépare à son festin
sanguinaire. « Mais comment ferons-
nous pour ne pas dormir ? Nous n'a-

vons rien à manger et rien à boire. » Il
lâcha pour lors une kyrielle de juremens
affreux; après quoi il se mit à chanter;
mais quelles chansons! leur obscénité
était si dégoûtante qu'élevé d'abord dans
l'intérieur de ma famille et puis dans la
sévérité d'un couvent, je ne pus m'empêcher de penser qu'un démon incarné
hurlait à mes côtés. Je le suppliai de
cesser; mais cet homme passait si rapidement d'une atrocité extrême à une
extrême légèreté, du délire du crime à
des chants qui auraient fait horreur
dans un lieu de débauche, qu'il me devint tout-à-fait inexplicable. Je n'avais
jamais vu ni même cru qu'il fût possible
de réunir ainsi les deux extrêmes. Je devais avoir une bien faible connaissance

des hommes pour ne pas savoir que le crime et l'insensibilité se réunissent souvent dans le même cœur, et qu'il n'y a pas sur la terre d'alliance plus indissoluble que celle qui existe entre la main qui ose tout et le cœur qui ne sent rien.

Ce fut au milieu d'une de ses chansons les plus licencieuses que mon compagnon s'arrêta tout-à-coup. Il regarda pendant quelques instans autour de lui et à la lueur faible et triste qui nous éclairait, je crus remarquer qu'une expression extraordinaire obscurcissait sa physionomie. Je n'osais y faire attention.

« Savez-vous où nous sommes ? » me dit-il tout bas.

— « Je ne le sais que trop; nous sommes dans les caveaux d'un couvent, loin de tout secours humain, sans alimens, sans lumière et presque sans espoir. »

— « Ah! oui; ses derniers habitans en ont été la preuve. »

— « Ses derniers habitans? Quels furent-ils ? »

« Je puis vous le dire, si vous êtes en état de l'entendre. »

« Je ne suis point en état de l'entendre; » m'écriai-je, en me bouchant les oreilles, « je ne veux point l'écouter. Il me suffit de connaître le narrateur pour savoir que l'histoire en doit être horrible. »

« Cette nuit fut vraiment horrible, »

reprit-il sans m'écouter, et faisant involontairement allusion à quelque circonstance de sa narration. Il n'en dit pas
davantage, et sa voix se confondit en
murmures incohérens. Je me plaçai
aussi loin de lui que le permettaient
les limites du caveau, et cachant ma
tête dans mes genoux, je m'efforçai de
ne point penser. Que la situation de l'âme
est affreuse, quand elle nous réduit à désirer que nous n'en ayons plus ; à préférer
l'état des bêtes qui périssent tout entières, afin de ne plus jouir de ce privilége
de l'humanité qui ajoute à notre malheur!
Je ne pouvais dormir ; quoique le sommeil paraisse une nécessité de la nature, il
exige toujours que l'âme y concoure par
sa volonté. D'ailleurs, si je l'avais vou-

lu, la faim dévorante qui s'était changée en nausées insupportables, me l'eût
rendu tout-à-fait impossible. Vous ne
croirez peut-être pas, monsieur, qu'au
milieu de cette complication de maux
physiques et moraux, ma plus grande
souffrance provenait de l'oisiveté dans
laquelle j'étais forcé de rester. Aussi,
après avoir lutté contre elle pendant
près d'une heure, d'après mon calcul,
je me levai, et dans un moment de désespoir, je suppliai mon compagnon de
me raconter l'histoire dont il avait parlé
concernant notre terrible séjour. Avec
une bonté féroce il m'accorda sur-le-
champ ma requête, et quoique je m'a-
perçusse que son corps robuste avait
souffert plus que le mien des peines de

la nuit et des privations de la journée,
il s'y prépara avec une sorte de triste
vivacité. Il se trouvait dans son élément.
Il allait effrayer une âme faible par un
récit d'horreur, et étonner un esprit
ignorant par une multitude de crimes.

« Je me rappelle, dit-il, une circonstance extraordinaire dans laquelle ce
caveau a joué un grand rôle. Je n'ai pas
pu m'expliquer dans le premier moment pourquoi cette porte et cette voûte
m'étaient si bien connues. Tant d'idées
étranges m'occupent chaque jour que
des événemens qui feraient sur d'autres
une impression ineffaçable, passent devant mon esprit comme des ombres,
tandis que les pensées seules ont pour
moi de la solidité. Je ne connais d'au-

tres événemens que des émotions. Vous
savez ce qui m'a amené dans ce maudit
couvent; quoi qu'il en soit j'y étais et je
me voyais obligé d'en suivre la discipline.
Une partie de cette discipline consiste
à faire subir à des criminels extraordinaires, des pénitences aussi extraordinaires que leur crime. Il faut alors non-
seulement se soumettre à toutes les ri-
gueurs naturelles de la vie religieuse,
mais encore remplir le rôle d'exécuteur
chaque fois qu'un châtiment inusité doit
être infligé. On me fit l'honneur de me
croire plus particulièrement fait pour
cette espèce de récréation, et peut-être
ne me flattait-on pas.

« Peu de jours après que je fus deve-
venu membre de cette communauté,

III.   14

l'occasion se présenta de mettre mes talens à l'épreuve. On me dit de m'attacher à un jeune religieux d'une famille distinguée qui venait de prononcer ses vœux et qui remplissait ses devoirs avec cette froide exactitude, preuve incontestable que son cœur ne s'y livrait pas. Je comprenais sans peine qu'en m'ordonnant de m'*attacher à lui*, on me prescrivait de me montrer son plus mortel ennemi. En attendant, le seul crime de ce jeune moine était d'être soupçonné d'une passion terrestre. Il était, comme je l'ai déjà dit, le rejeton d'une famille distinguée qui, pour l'empêcher de contracter ce qu'elle appelait un mariage avilissant, c'est-à-dire d'épouser une femme d'un rang inférieur au sien, qu'il aimait

et qui aurait fait son bonheur, le força
de prendre l'habit de moine. Parfois il
paraissait accablé de douleur, mais parfois aussi ses yeux brillaient d'un rayon
d'espoir qui fit naître les soupçons de la
communauté. L'espérance est en effet
une plante étrangère au climat d'un
couvent.

Au bout de quelque temps un jeune
novice entra dans la maison. A compter
de ce moment le changement le plus
frappant se fit voir dans le nouveau religieux. Mes yeux firent sur-le-champ
sentinelle. Les yeux découvrent facilement le malheur quand ils ont l'espérance de l'aggraver. L'attachement du
jeune moine pour le novice augmentait
de jour en jour; ils étaient toujours en-

semble dans le jardin; ils respiraient le
parfum des fleurs; ils cultivaient le même
carré d'œillets; ils entrelaçaient leurs bras
en se promenant; leurs voix s'unissaient
dans le chœur. L'amitié est souvent por-
tée à l'excès dans les couvens, mais
celle-ci ressemblait trop à de l'amour.
Ainsi quand les psaumes de l'office ren-
fermaient quelques expressions de tendresse, comme il arrive assez souvent,
ils se dirigeaient mutuellement leurs
paroles, avec un accent qu'il était impossible de méconnaître. Quand des
corrections étaient infligées, chacun
d'eux voulait supporter la part de l'autre.
Quand le couvent jouissait d'un jour de
récréation, les cadeaux qui s'envoyaient
à la cellule de l'un se retrouvaient in-

failliblement dans celle de l'autre. Ces
indices me suffirent ; je découvris ce
secret d'un bonheur mystérieux qui est
le plus grand des malheurs pour ceux
qui ne peuvent jamais le partager. Ma
vigilance redoubla et fut récompensée
par une nouvelle découverte dont je
fus d'autant plus enchanté qu'elle devait me donner une haute importance
aux yeux de tout le couvent. Vous ne
pouvez vous imaginer celle que l'on y
attache à des secrets de ce genre.

« Un soir que le jeune religieux et
son cher novice étaient dans le jardin,
le premier cueillit une pêche et l'offrit à
son ami ; celui-ci l'accepta avec un mouvement qui me parut un peu gauche : il
ressemblait beaucoup à une révérence

de femme. Le jeune moine, en parta-
geant le fruit avec un couteau, effleura
légèrement le doigt du novice; il témoi-
gna aussitôt la plus vive inquiétude, et
déchira son habit pour envelopper la
blessure. J'avais vu toute cette scène,
et dès ce moment je n'eus plus aucun
doute. Je me rendis cette nuit même chez
le supérieur. On conçoit facilement le résultat de notre entrevue. On les épia,
mais avec beaucoup de prudence dans
les commencemens. Ils étaient apparem-
ment sur leurs gardes : car, malgré ma
vigilance, il me fut, pendant quelque
temps, impossible de rien découvrir de
nouveau. Il n'y a pas de situation plus
contrariante que d'être intérieurement
convaincu de la vérité d'une chose, sans

pouvoir se rendre maître d'un seul fait
qui puisse faire partager sa conviction
à autrui. Une nuit que, par l'ordre du
supérieur, j'avais pris mon poste dans
le corridor, où je passais souvent des
heures entières, remplissant le noble
rôle d'espion, je crus entendre des pas.
Il faisait noir. Un pied léger passa à
côté de moi; j'entendis une respiration
entrecoupée et palpitante. Quelques instans après, une porte s'ouvrit; c'était
celle du jeune religieux : j'en étais sûr,
car l'habitude de veiller à cette même
place m'avait rendu l'ouïe si fine, que
je reconnaissais les habitans de toutes
les cellules par les gémissemens de l'un,
les prières de l'autre, les rêves agités du
troisième. *Cette porte*, surtout, d'où ne

partait jamais aucun son, ne pouvait
n'être inconnue. Je m'étais muni d'une
petite chaîne, au moyen de laquelle j'at-
tachai le bouton de la porte avec celui
d'une porte voisine, en sorte qu'il fût
impossible d'ouvrir aucune des deux de
l'intérieur. Je me hâtai de courir chez
le supérieur, avec un orgueil que nul ne
peut concevoir, s'il n'a comme moi découvert un secret coupable dans un couvent. Je ne sais si le supérieur n'était
pas lui-même agité de ce délicieux sentiment, car il était éveillé et debout,
entouré de quatre religieux, que vous
vous rappellerez peut-être. » (Je frémis
à ce souvenir.) « Je leur communiquai
mes nouvelles avec une ardeur et une
volubilité bien contraires au respect que

je leur devois, et qui en outre rendaient
mon discours presque inintelligible. Ils
eurent, néanmoins, la bonté de ne pas
faire attention à cette inconvenance qui,
dans tout autre cas, aurait été sévèrement punie, et ils daignèrent même sup-
pléer à quelques lacunes dans ma narration, avec une condescendance et une
facilité réellement merveilleuse. J'étais
enchanté de m'être rendu utile au supérieur, et je me glorifiais dans ma nouvelle dignité d'espion.

« Nous partîmes sans perdre un moment ; nous arrivâmes à la porte de la
cellule, et je montrai d'un air de triomphe la chaîne encore placée, mais dont
les faibles vibrations indiquaient que les
infortunés connaissaient leur danger.

J'ouvris la porte ; oh ! comme ils dûrent trembler ! Le supérieur et les quatre moines s'élancèrent dans la cellule. Je tenais la lumière..... Vous frémissez..... Pourquoi ?..... J'étais coupable, et je désirais voir un crime qui palliât le mien, du moins dans l'opinion du couvent : d'ailleurs, je brûlais d'être témoin d'un malheur qui égalât ou même surpassât celui que j'éprouvais, et cette curiosité n'était pas facile à contenter.

« Quand nous entrâmes dans la cellule, les tristes époux se tenaient étroitement embrassés : vous pouvez juger de la scène qui suivit. Ici, je dois rendre, quoiqu'à regret, justice au supérieur. C'était un homme qui , par les sentimens que le couvent sans doute lui avait

donnés, n'avait aucune idée de l'u-
nion des sexes; il éprouvait autant d'é-
tonnement et d'horreur à la vue de deux
êtres humains, de sexe différent, qui
osaient s'aimer en dépit des liens mo-
nastiques, que s'il avait été témoin de
quelqu'une de ces horribles conjonc-
tions qui font frémir la nature. Il expri-
ma toute l'horreur qu'il éprouvait, et il
le fit avec sincérité. Quelle que pût être
l'affectation avec laquelle il maintenait
la rigueur de la discipline conventuelle,
sa conduite dans cette occasion en fut
totalement exempte. L'amour était un
sentiment qu'il regardait comme insé-
rable du péché, même quand il était
sanctifié par le sacrement du mariage.
Mais l'amour dans un couvent! Il est

impossible de se faire une idée de son
courroux et moins encore de concevoir
combien ce courroux était majestueux
et accablant, renforcé par les principes
et sanctifié par la religion. Je ne pourrais décrire le bonheur que cette scène
me donna; un moment avait suffi pour
mettre à mon niveau ces misérables qui
avaient triomphé de moi. Je m'étais
traîné vers ces murs, comme vers un
asile, moi, rebut de la société, et quel
avait été mon crime?..... Allons..... Je
vois que vous frémissez; je n'en dirai
pas davantage. Le besoin m'y avait
poussé. Et là, je voyais deux êtres devant lesquels, peu de jours avant, je
me serais agenouillé comme devant les
saints de l'autel, qui maintenant étaient

abaissés même au-dessous de moi. Je
savourais la douleur du moine apostat
et du novice. Mon cœur ulcéré jouissait
profondément de la colère du supérieur.
Je sentais qu'ils étaient tous des hommes comme moi. Je les avais cru des
anges, et ils étaient mortels. A force
d'épier leurs mouvemens, de flatter
leurs passions, de travailler pour leur
intérêt, ou plutôt pour le mien, en
leur faisant accroire que je n'avais que
le leur en vue, j'avais trouvé le moyen
de procurer autant de malheur aux autres et d'occupation à moi-même que si
j'eusse été réellement dans le monde.
J'avais percé le sein de mon père : c'é-
tait l'affaire d'un moment. Ici, j'avais
deux cœurs à percer tous les jours et

sans cesse, je ne devais pas craindre de rester oisif. »

A cet endroit de son récit, mon compagnon essuya son front endurci, s'arrêta un moment pour prendre haleine, puis continua en ces termes :

« Je n'aime pas trop à détailler les moyens par lesquels ce couple fut induit à croire qu'il pouvait s'échapper du couvent. Il suffit que j'en fus le principal agent ; que le supérieur prit part à la supercherie ; que je les guidai à travers les mêmes passages où vous avez passé cette nuit : ils tremblaient et me bénissaient à chaque pas... que... »

— « Arrrêtez, » m'écriai-je, » malheureux ! vous retracez pas à pas la course que je viens de faire. »

« Eh quoi! » reprit-il avec un rire féroce, » Vous croyez donc que je vous trahis? S'il était vrai, à quoi vous serviraient vos soupçons? Vous êtes en mon pouvoir. Ma voix pourrait en ce moment appeler la moitié du couvent pour vous saisir; mon bras pourrait vous attacher contre ce mur, jusqu'à ce que les ministres de la mort, qui n'attendent qu'un signal, vinssent vous arracher la vie. »

« Je sais, » dis-je, « que je suis en votre pouvoir, et si je me fiais à votre générosité, je ferais mieux de me briser la cervelle contre les pierres de cette voûte non moins dures que votre cœur. Mais je sais aussi que vos intérêts sont liés d'une manière ou d'une

autre avec ma fuite, et c'est pour cela
que je me fie à vous; d'ailleurs j'y suis
forcé. Quoique mon sang déjà refroidi
par la faim et la fatigue, se glace en
vous écoutant, je dois pourtant vous
écouter et vous confier ma vie et ma
délivrance. Je vous parle avec cette
humble sincérité que notre position m'a
enseignée. Je vous hais, je vous crains,
si je vous avais rencontré dans le monde, je vous aurais fui avec un dégoût
inexprimable; mais ici le malheur commun a réuni les substances les plus op-
posées en une alliance contre nature.
Cette force cessera d'agir du moment
où je serai délivré du couvent et de
vous. Mais pendant quelques heures
encore je sais que ma vie dépend de

vos efforts et de votre présence, tandis que je ne pourrais supporter cette présence qu'à l'aide de l'horrible intérêt que m'inspire votre discours. Continuez donc cette affreuse histoire ; passons cette longue et triste journée nous haïssant cordialement l'un l'autre : quand elle se sera écoulée, maudissons-nous, et ne nous voyons plus. »

Je m'étonnais, quoique sans doute ceux qui ont l'habitude de scruter le cœur humain n'y auraient rien trouvé de surprenant, je m'étonnais, dis-je, que plus ma position m'inspirait une férocité bien contraire à notre situation réciproque, et qui était sans doute l'effet du désespoir et de la faim, plus le respect de mon compagnon pour moi

III.   15

paraissait augmenter. Après une longue pause, il me demanda s'il pouvait
continuer sa relation. Je n'eus pas la
force de répondre : car les efforts que
je venais de faire m'avaient épuisé, et
ranimaient en moi les nausées de la
faim. Je lui fis un signe d'affirmation,
et il reprit la parole.

« On les conduisit ici, » me dit-il.
« J'avais formé le plan, et le supérieur
y avait consenti : je fus le conducteur
de leur prétendue fuite. Il s'imaginaient
que le supérieur fermait les yeux sur
leur démarche. Je les conduisis donc,
comme je vous l'ai dit, à travers ces
mêmes passages que nous avons par-
courus. J'avais un plan de cette région
souterraine ; mais mon sang se glaçait

en la traversant. L'idée du sort qui attendait mes compagnons ne servait pas à le réchauffer. Je retournai une fois la lampe, sous prétexte d'en arranger la mèche, mais en réalité pour examiner ces infortunées victimes. Elles s'embrassaient ; un rayon de joie brillait dans leurs yeux. Elles se parlaient à l'oreille de leur prochaine délivrance et du bonheur dont elles allaient jouir, et me nommaient dans les intervalles qu'elles pouvaient dérober aux vœux qu'elles formaient l'une pour l'autre. Ce spectacle détruisit les derniers restes de la componction que mon horrible tâche m'avait inspirée. Ils osaient donc être heureux en présence d'un homme condamné à un malheur éternel! Quelle

plus grande insulte pouvaient-ils me
faire? Je résolus de les en punir sur-le-
champ.

Nous étions près de ce cachot. Je le
savais; je les engageai à y entrer, (la
porte à cette époque était encore entière)
en leur disant que j'irais pendant ce
temps examiner si le passage était libre.
Ils firent comme je leur avais dit, et me
remercièrent de mes précautions. Ils
ignoraient qu'ils ne devaient plus quitter ce lieu. Mais leur vie était-elle à
comparer aux souffrances que leur bonheur me faisait éprouver? Aussitôt qu'ils
furent entrés et tandis qu'ils s'embrassaient, je fermai la porte et tournai la
serrure. Cette action ne leur causa pas
d'inquiétude dans le premier moment

Ils la regardèrent comme une nouvelle
précaution de l'amitié.

« Dès que je les eus renfermés, je
courus auprès du supérieur qui était
furieux de l'outrage fait à la sainteté de
son couvent, et plus encore à sa pénétration, dont il se piquait autant que
si réellement il en avait possédé. Il des-
cendit avec moi dans le caveau. Les
moines le suivirent les yeux enflammés
de colère. Cette colère les aveuglait à
tel point qu'ils eurent de la peine à découvrir la porte, même après que je la
leur eus désignée à plusieurs reprises.
Le supérieur de sa propre main enfonça
plusieurs clous que les moines lui four-
nissaient officieusement, et ferma ains
la gâche qui ne devait plus s'ouvrir.

L'ouvrage ne fut pas long. Au premier bruit des pas qui retentirent dans le passage, les victimes poussèrent un cri, et un second quand les premiers coups de marteau furent donnés contre la porte. Elles crurent qu'elles avaient été découvertes et qu'une troupe de moines furieux voulaient enfoncer leur retraite. Ces terreurs se changèrent bientôt en d'autres bien plus affreuses, quand ils entendirent clouer la porte, et que les religieux se retirèrent. Ils jetèrent un dernier cri, mais qu'il était différent des autres! c'était celui du désespoir: ils connaissaient leur sort.

On avait cru m'imposer une pénitence en m'ordonnant de veiller à leur porte; mais ce fut avec joie que je l'exé-

cutai. Loin de considérer cet office
comme pénible ou douloureux, je l'eusse
pris par choix, quand même j'aurais été
supérieur du couvent. Vous appelez ce
sentiment de la cruauté; je soutiens que
ce n'est que de la curiosité; cette même
curiosité qui attire des milliers de personnes à la représentation d'une tragé-
die et qui fait assister avec plaisir la
femme la plus délicate au spectacle des
douleurs et des lamentations. Je jouis-
sais d'un grand avantage sur elles. Les
douleurs, les lamentations dont j'étais
témoin étaient véritables. Je me plaçai
donc à cette porte, à cette porte qui,
semblable à celle de l'enfer dans le
Dante, aurait pu porter pour inscription: *Vous qui entrez ici, abandon-*

nez toute espérance ! Mes regards exprimaient la pénitence, la joie était dans
mon cœur. Je pouvais entendre chaque
mot qui se disait. Pendant quelques
heures ils s'efforçaient de se consoler
mutuellement. Ils exprimaient tour-à-
tour l'espoir de la délivrance, et quand
mon ombre passant devant le seuil in-
terceptait ou rendait la lumière, ils se
disaient : « C'est lui. » Et un moment
après ils ajoutaient : « Non, non, ce
n'est pas lui. » Et ils étouffaient les san-
glots du désespoir afin de se les cacher
l'un à l'autre. Vers le soir, un moine
vint m'apporter des alimens et m'offrit
de prendre ma place. Je ne l'aurais pas
quittée pour tout au monde ; je répondis cependant au religieux que je vou-

lais me faire un mérite de mon sacrifice
et qu'avec la permission du supérieur
j'y passerais la nuit. Mon confrère fut
enchanté de trouver si facilement un
remplaçant. Il me quitta et je pris les
alimens qu'il m'avait apportés. J'entendais parler mes prisonniers. Je mangeais,
mais je me nourrissais bien plus déli-
cieusement de leur faim dont ils n'o-
saient pourtant rien dire. Ils réfléchis-
saient, ils délibéraient, et comme le
malheur est toujours ingénieux, ils se
disaient qu'il était impossible que le supérieur les eût renfermés là pour les
laisser mourir de faim. A ces mots je ne
pus m'empêcher de rire; le bruit en
frappa leurs oreilles et ils gardèrent un
moment le silence. Pendant toute la

III.   16

nuit, j'entendis leurs gémissemens; c'é-
tait ceux de la douleur physique, auprès desquels les soupirs de sentiment
les plus exaltés ne sont rien. J'avais lu
des romans français et tous leurs inima-
ginables alambiquages. Madame de Sé
vigné dit elle-même qu'elle se serait en-
nuyée de sa fille pendant un long voyage
tête-à-tête avec elle; mais renfermez
deux amans dans un cachot sans nourriture, sans lumière et sans espoir, et je
veux être damné, (je le suis probablement déjà,) s'ils ne s'ennuyent l'un de
l'autre en moins de douze heures.

« Le second jour, la faim et l'obscurité firent leur effet naturel. Ils deman-
dèrent à grands cris la liberté et frap-
pèrent avec force des coups réitérés à

la porte. Ils dirent qu'ils étaient prêts à se soumettre à tous les châtimens qu'on leur imposerait, et l'approche des moines qu'ils avaient tant craint la nuit précédente, était alors l'objet de leurs vœux les plus ardens. Les plus terribles vicissitudes de la vie humaine ne sont-elles pas au fond des maux imaginaires? Ils demandaient aujourd'hui à genoux, ce qu'hier ils auraient peut-être racheté au prix de leurs âmes.

« Quand les souffrances de la faim augmentèrent, ils quittèrent la porte et se traînèrent dans un coin, chacun de leur côté. *Chacun de leur côté!* oh! comme je guettais ce moment. L'inimitié remplaçait déjà l'amour dans leur cœur: quelle joie pour le mien! Ils ne

pouvaient se déguiser mutuellement les
détails révoltans de ce qu'ils souffraient.
Quelle différence pour deux amans de
se placer devant une table abondam-
ment servie ou de se coucher dans le
sein de l'obscurité et de la famine! D'é-
changer cet appétit qui a besoin des
mets les plus délicats pour se réveiller,
contre celui qui donnerait tous les tré-
sors de l'amour pour un morceau de
pain!

« La seconde nuit se passa alternativement en gémissemens et en malédictions;
et dans leurs douleurs, je dois rendre
justice aux femmes, quoique je les haïsse
autant que les hommes, l'amant accusa
son amante d'être la cause de toutes ses
souffrances, tandis que jamais, jamais

celle-ci ne lui fit le plus léger reproche.
Ses gémissemens pourraient à la vérité
en être d'indirects et d'amers, mais elle
ne prononça pas un seul mot qui pût
le blesser. Je remarquai cependant un
grand changement dans leurs sensations physiques. Le premier jour, ils
étaient toujours ensemble, et chaque
mouvement qu'ils faisaient semblait
n'être fait que par une seule personne.
Le second, l'homme lutta seul, la
femme gémit dans sa faiblesse. La troisième nuit..... comment la décrire ?....
Mais vous m'avez dit de continuer.
Toutes les plus horribles, les plus dé-
goûtantes souffrances de la faim étaient
passées. La désunion de tous les liens
du cœur, de la passion, de la nature,

avait commencé. Ils se détestaient, ils
se seraient maudits s'ils en avaient eu
la force. La quatrième nuit, j'entendis
tout-à-coup la malheureuse femme jeter
un cri.... Son amant, dans le délire de
la faim, avait attaché ses dents à son
épaule. Ce sein sur lequel il avait si
souvent reposé, allait lui servir de pâ-
ture..... »

— « Monstre! vous riez. »

— « Oui, je ris de tout le genre humain et du mensonge qu'il profère
quand il parle d'amour. Je ris des passions de l'homme et de ses soucis. Le
vice et la vertu, la religion et l'impiété
sont également les résultats de petites
localités et d'une position factice. Un
seul besoin physique, une leçon sévère

et inattendue prononcée par la nécessité, vaut mieux que toute la logique
des philosophes. Ce couple qui ne
croyait pas qu'il lui fût possible d'exis-
ter l'un sans l'autre, qui avait tout risqué, qui avait foulé aux pieds toutes
les lois divines et humaines pour se
réunir, ce couple, dis-je, une heure de
privations suffit pour le détromper.
Les ennemis les plus irréconciliables ne
se regardent pas avec plus d'horreur
que ces *amans*. Malheureux! vous étiez
fiers d'avoir des cœurs; moi, je me glorifiais de n'en point avoir; qui de nous
deux avait le plus raison? Mon histoire
est bientôt finie, et j'espère aussi que
le jour ne tardera pas à baisser. La dernière fois que je suis venu en ce lieu,

j'avais quelque chose pour m'exciter.
C'est bien peu de parler d'un tel événement quand on a eu le bonheur d'en
avoir été témoin. Le sixième jour, je
n'entendis plus rien, on décloua la porte. Nous entrâmes; ils n'étaient plus. Ils
étaient couchés assez loin l'un de l'autre,
bien plus loin que sur ce simple lit de
couvent que leur passion avait converti
en couche voluptueuse. La femme était
repliée sur elle-même; elle avait dans
sa bouche une boucle de ses longs cheveux. Sur son épaule on voyait une
légère cicatrice: c'était le seul outrage
qu'elle eût souffert du désespoir de la
faim. L'homme était étendu tout de son
long; sa main était entre ses lèvres; il
paraît que la force lui avait manqué

pour exécuter le dessein qui l'y avait
conduite. On enleva les corps pour les
ensévelir. Quand ils furent exposés à la
lumière les longs cheveux de la jeune
femme retombant autour d'une physionomie que ne déguisait plus l'habil-
lement d'un novice, me rappela une
ressemblance qui m'était familière et
que je crus reconnaître. Je regardai de
plus près.... c'était ma sœur.... la seule
que j'eusse.... et j'avais entendu sa voix
s'affaiblir peu à peu!.... J'avais entendu la.... »

Ici la voix de mon compagnon s'af-
faiblit à son tour. Il cessa de parler.
Tremblant pour une vie à laquelle la
mienne était si intimement liée, je m'approchai de lui en chancelant; je le sou-

levai à moitié dans mes bras, et me rap-
pelant qu'il y avait sans doute un cou-
rant d'air sous la trape, je m'efforçais
de l'y traîner. Je réussis, et tandis qu'il
respirait l'air extérieur, je vis avec une
joie inexprimable que la lumière bais-
sait déjà visiblement; la soirée s'avançait; nous n'avions plus de motifs pour
attendre.

Il revint à lui, car son évanouisse-
ment avait été causé par l'inanition et
nullement par la sensibilité. Quoiqu'il
en soit, je m'intéressais vivement à son
rétablissement, et si j'avais été capable
d'observer les vicissitudes extraordinaires de l'esprit humain, j'aurais été
fort étonné du changement qui se ma-
nifesta en lui quand il eut repris ses

sens. Il ne fit pas la moindre allusion au
récit qu'il venait de faire, ni à ce qu'il
venait d'éprouver, mais s'élançant de
mes bras à la vue de la lumière bais-
sante, il se prépara sur-le-champ à notre
départ, avec une nouvelle énergie, avec
une plénitude de raison qui tenait du
miracle. Il grimpa le long de la muraille avec une merveilleuse dexté-
rité, et à l'aide de mes épaules et des
pierres qui avançaient. Il ouvrit la
trappe, dit que tout était tranquille,
m'aida à monter après lui, et bientôt,
avec une joie sans pareille, je respi-
rai de nouveau l'air pur du ciel.

La nuit était profondément obscure.
Je ne pouvais distinguer les édifices d'a-
vec les arbres, excepté quand un vent lé-

ger faisait mouvoir ceux-ci. Je suis convaincu que c'est à ces ténèbres que je
dois la conservation de ma raison, dans
de pareilles circonstances. Si en quittant
le séjour de l'obscurité, de la famine et
du froid j'eusse trouvé tout-à-coup un
ciel brillant de toute la majesté d'une
belle nuit, mon jugement y aurait suc-
combé. Je n'ose dire à quels excès je
me serais livré. Nous traversâmes le jardin sans que nos pieds touchassent à
terre. En approchant de la muraille mon
courage faillit m'abandonner avec mes
forces. Je dis à l'oreille de mon compagnon : « Ne vois-je pas des lumières briller aux fenêtres du couvent ? »

— « Non, les lumières sont dans vos
yeux. C'est un effet de l'obscurité dont

vous sortez, du besoin, de l'effroi.
Venez. »

— « Mais j'entends le son des cloches. »

— « Ces cloches sont dans votre imagination. Un estomac vide est le bedeau
qui les sonne. Ce n'est pas le moment
de balancer. Venez, venez. Ne pesez
pas si fort sur mon bras.... Ne tombez
pas, s'il vous est possible..... O ciel! il
se trouve mal ! »

Ces mots furent les derniers que j'entendis. J'étais tombé, je crois, dans ses
bras. Il me traîna jusqu'au mur, et en-
laça mes doigts glacés dans les cordes
de l'échelle. Cette action me rendit sur-
le-champ le sentiment, et je commençai à monter, sans savoir encore préci-

sément ce que je faisais. Mon compagnon me suivit : nous parvînmes en
haut de la muraille. Je chancelais de
faiblesse et de crainte. J'éprouvais une
inquiétude inexprimable ; je tremblais,
quoique l'échelle y eût été, de n'y point
trouver mon frère. Tout à coup j'aper-
çois la lumière d'une lanterne, et je
vois un individu au bas. Je m'élance
près de lui, sans m'embarrasser si je
rencontrerais les bras d'un frère ou le
le poignard d'un assassin.

« Alonzo ! cher Alonzo ! » murmure
une voix.

« Juan ! cher Juan ! » fut tout ce que
je pus répondre, et je sentis mon sein
palpitant pressé contre celui du plus
généreux et du plus tendre des frères.

« Combien vous avez dû souffrir !....
Combien j'ai souffert moi-même pendant cette affreuse journée. J'avais presque renoncé à vous voir. Hâtez-vous !
la voiture est à vingt pas. »

Tandis qu'il parlait, je distinguais, à
la lueur de sa lanterne, ces traits si
beaux et si majestueux qui jadis m'a-
vaient fait frémir, comme le gage d'une
éternelle émulation, mais qui m'offraient
alors le sourire de la divinité fière, mais
bienfaisante, à laquelle je devais ma
délivrance. Je montrai du doigt mon
compagnon. Je ne pouvais parler, car
une faim dévorante me consumait.
Juan me soutenait, me consolait, m'en-
courageait ; il faisait autant et plus
qu'aucun homme eût jamais fait pour

un autre : que dis-je ? pour la femme la
plus faible et la plus délicate que le sort
eût confiée à sa protection. Mon cœur
se déchire, quand je me rappelle sa noble tendresse. Nous attendions mon
compagnon qui descendait de la muraille. « Hâtez-vous ! hâtez-vous ! » dit
mon frère : « j'ai faim aussi ; il y a vingt-
quatre heures que je vous attends sans
avoir pris de nourriture. » Nous pres-
sâmes le pas. La place était déserte. A
la faible lueur de la lanterne, je distinguai une voiture : je n'en demandai
pas davantage ; je m'y élançai avec
promptitude.

« *Il est en sûreté*, » s'écria Juan en
voulant me suivre.

« *Mais l'es-tu ?* » répondit une voix de tonnerre.

Juan chancela sur le marchepied de la voiture, et tomba en arrière. Je m'élançai après lui ; je fus inondé de son sang.... Il n'était plus.

———

III.

CHAPITRE XVI.

Ma mémoire ne me retrace avec exactitude qu'un seul moment d'une souffrance inexprimable ; qu'un son qui frappa mon oreille comme la trompette au jour du jugement. Je perdis connaissance, et un temps considérable s'écoula durant lequel je me souviens seulement d'avoir refusé toute nourriture, d'avoir résisté aux efforts de ceux qui voulaient me faire changer de lieu ; mais ce n'étaient que les faibles et vaines tentatives d'un homme accablé d'un affreux cauchemar.

Par des dates que j'ai pu recueillir
depuis, j'ai découvert que je suis resté
au moins quatre mois en cet état. Plusieurs changemens se firent, durant cet
intervalle, dans ma situation, mais sans
que j'y prisse aucune part. Je me rappelle cependant parfaitement qu'un jour
je recouvrai tout à coup mes sens et ma
raison, et que je me trouvai dans un
lieu que j'examinai avec le plus grand
étonnement et la plus vive curiosité.
Ma mémoire ne me tourmentait pas.
Il ne me vint pas dans l'idée de demander pourquoi j'étais là, ni ce que j'a-
vais souffert avant d'y arriver. Le retour
de ma raison se faisait graduellement,
comme la marée montante, et, par
bonheur, la mémoire se fit long-temps

attendre : mes sens m'occupèrent assez
dans les premiers momens.

J'étais sur un lit peu différent de celui que j'occupais dans ma cellule ; mais
l'appartement que j'habitais ne ressemblait en aucune façon à celui que je
possédais au couvent. Il était un peu
plus grand, et le plancher était recou-
vert d'une natte. Il n'y avait ni crucifix,
ni tableaux, ni bénitier. Tous les meubles consistaient en un lit, une table
grossière, une lampe et une cruche
d'eau. La chambre était sans fenêtres.
De gros boutons de fer, qui se montraient distinctement à la lumière de la
lampe, garnissaient la porte, et indiquaient qu'elle était bien fermée. Je me
mis sur mon séant, et, m'appuyant

sur mon bras, je regardai autour de moi
avec l'inquiétude d'un homme qui craint
que le moindre mouvement qu'il fera ne
dissipe le charme, et ne le replonge dans
l'obscurité. Dans cet instant, le souvenir
de tout le passé me frappa comme d'un
coup de foudre. Je poussai un cri, et
je retombai sur mon lit, effrayé, mais
avec toute ma connaissance. Je me rappelai à l'instant tous les événemens dont
j'avais été témoin, avec une force qu
ne pouvait être surpassée que par la
réalité. Ma fuite, ma délivrance, mon
désespoir, tout se retraça à ma pensée.
Je crus sentir l'embrassement de Juan ;
je crus sentir aussi son sang couler sur
moi, je vis ses yeux se tourner encore
vers moi, avant de se fermer à jamais,

et je jetai un nouveau cri, tel que jamais il n'en avait retenti dans ces murs.

A ce bruit un individu entra dans ma chambre. Il portait un costume que je n'avais point encore vu, et il me fit entendre, par des signes, que je devais garder le plus profond silence. Je le contemplai sans ouvrir la bouche, et mon étonnement eut tout l'effet d'une apparente soumission à ses ordres. Il se retira, et je commençai à me demander où j'étais. J'y réfléchissais sans pouvoir me l'expliquer, quand le même individu rentra. Il posa sur la table du pain, du vin et une petite portion de viande; puis il me fit signe d'approcher. J'obéis machinalement, et quand je fus assis, il me dit à l'oreille que l'état dans lequel je m'étais trouvé, m'avait rendu incapable de comprendre les règlemens du lieu où j'étais, et qu'il avait en conséquence différé de m'en instruire ; mais qu'à présent, il était obligé de me prévenir que ma voix ne devait jamais s'élever au-dessus du diapazon dans lequel il m'adressait la parole, et qui suffisait pour tout ce que je pouvais avoir à dire. Il m'apprit enfin que des cris, des exclamations de tout genre étaient sévèrement punis, comme une infraction aux usages inviolables du lieu. Il était même défendu de tousser trop fort, de peur que le bruit ne servît de signal.

Je répétai plusieurs fois : « Où suis-je ? Quel est donc ce lieu ? Quels sont ces mystérieux règlemens ? » Mais je ne

reçus pour toute réponse que ces mots :
« Mon devoir est de communiquer les
ordres que je reçois, et non de répondre à des questions. » Après quoi il
partit.

Quelque extraordinaires que parussent ces injonctions, elles étaient si im-
posantes, si péremptoires; elles étaient
si ressemblantes au langage établi d'un
système absolu et depuis long-temps
fixé, que l'obéissance me parut inévitable. Je me jetai sur le lit en murmu-
rant en moi-même. « Où suis-je? » jusqu'à ce que le sommeil vînt m'accabler.

On dit que le sommeil de la conva-
lescence est profond; le mien fut troublé
par des rêves inquiets. Je me croyais
dans le couvent; j'expliquais le second

livre de Virgile, et je lisais le passage
où Hector se montre en songe à Enée.
Tout à coup je m'imaginai qu'Hector
et mon frère Juan étaient la même personne; il me disait de fuir; il dispa-
raissait ensuite : je voyais autour de moi
les palais troyens livrés aux flammes.
Dans ce moment je me réveillai.

C'est une chose fort étrange, Monsieur, que l'âme et les sens puissent
continuer à agir pendant le sommeil,
quoique leur action soit en apparence
suspendue, et que les images qu'ils nous
présentent soient plus vives que n'aurait été la réalité. Je me réveillai,
comme je viens de vous le dire, dans
l'idée que j'étais entouré de flammes,
et je ne vis qu'une faible lumière, fort

III. 18

près de mes yeux, à la vérité, mais que l'on retira aussitôt que je les ouvris. La personne qui la tenait la couvrit pour un moment, puis s'avança de nouveau vers moi, et je distinguai les traits du compagnon de ma fuite. Tout ce qui s'était passé lors de notre dernière entrevue revint soudain à ma mémoire. Je me levai en sursaut, et je m'écriai : « Sommes-nous libres ? »

— « Chut!... un de nous deux est libre; mais nous ne devons pas parler si haut. »

— « On m'a déjà dit cela, et je ne saurais comprendre le motif de ce mystérieux silence. Si je suis libre, dites-le-moi, et dites-moi aussi si Juan a survécu à cet affreux moment.... Ma raison est à peine revenue ; dites-moi comment Juan se porte. »

— « Oh! parfaitement. Il n'y a pas de prince qui repose sous un dais plus somptueux. Il y a des colonnes de marbre, des bannières flottantes et des plumes d'une grande magnificence. Il y avait aussi de la musique, mais il n'a pas paru y faire attention. Il était couché sur du velours et sur de l'or, et pourtant il restait insensible à toute cette pompe. Sur sa lèvre décolorée se peignait le sourire du dédain pour tout ce qui se passait autour de lui. Il était assez fier même pendant sa vie. »

« Pendant sa vie, » m'écriai-je ; « il est donc vraiment mort ! »

— « En pouvez-vous douter, puisque

vous savez par qui le coup a été porté?
Aucune de mes victimes ne m'a jamais
donné la peine d'en frapper un second.

— « Vous! vous ! »

Il me sembla pendant quelques momens que je nageais dans une mer de
flammes et de sang. Je retombai dans
ma première démence, et je me rappelle
seulement d'avoir prononcé sur lui des
malédictions qui auraient épuisé la justice divine, si elle avait voulu les écouter. J'aurais continué à extravaguer, s'il
ne m'eût fait taire par un grand éclat
de rire, qu'il fit partir au milieu de
mes malédictions, et dont le bruit les
absorba. Je levai les yeux, croyant voir
un autre être : c'était toujours le même.

« Vous vous étiez donc imaginé, »

me dit-il, « que par votre témérité vous endormiriez la vigilance d'un couvent? Deux enfans, l'un craintif et l'autre téméraire, avaient donc pensé qu'ils étaient de dignes adversaires de ce système tout-puissant? *Vous* fuir du sein d'un cloître! »

Il continua pendant fort long-temps à me déduire toutes les raisons qui devaient m'empêcher de réussir dans cette entreprise, avec une énergie et une volubilité inconcevable. Je m'efforçai vainement de le suivre ou de le comprendre. La première idée qui me frappa, fut qu'il n'était peut-être pas ce qu'il paraissait, que ce n'était pas le compagnon de ma fuite qui m'adressait la parole. J'appelai à mon secours tout

le reste de ma raison pour m'en assurer.
Je savais qu'il suffirait d'un petit nombre de questions, pourvu que j'eusse la
force de les prononcer.

« Ne fûtes-vous pas l'agent de ma
fuite? Ne fûtes-vous pas l'homme qui?...
Qu'est-ce qui vous a porté à cette démarche dont le mauvais succès paraît
vous réjouir? »

— « Une promesse d'argent. »

— « Et vous m'avez trahi, dites-
vous, et vous vous glorifiez de votre
trahison? Qu'est-ce qui vous y a engagé? »

— « Une récompense plus forte.
Votre frère ne donnait que de l'or. Les
religieux me promettaient le salut, et ne
sachant comment m'y prendre pour y

travailler moi-même , je ne demandai
pas mieux que de leur en abandonner le
soin. »

— « Le salut, au prix de la trahison
et du meurtre ? »

— « La trahison et le meurtre ! ce,
sont là de grands mots. Parlez plutôt
raison. N'est-ce pas votre trahison qui a
été la plus vile? Vous avez voulu rompre des vœux que vous aviez prononcés
devant Dieu et les hommes. Vous avez
éloigné votre frère de ses devoirs envers
ses parens et les vôtres ; vous avez par-
ticipé aux intrigues qu'il a ourdies contre la sainteté d'une institution monastique, et c'est vous qui osez parler
de trahison! N'avez-vous pas aussi, avec
une dureté de conscience sans exemple,

dans un être aussi jeune, n'avez-vous
pas cherché, pour vous sauver, à sé-
duire un confrère? N'avez-vous pas fait
tout ce qui dépendait de vous pour lui
faire rompre ses vœux, sacrés aux yeux
des hommes, et inviolables sans doute
devant Dieu, s'il y a un Dieu dans le
ciel? et c'est vous qui parlez de trahison? Il n'y a pas sur la terre de
traître plus infâme que vous. Moi, je
sais que je suis un parricide. J'ai assassiné
mon père, mais il n'a pas senti le coup;
je ne l'ai pas senti non plus, car j'étais
enivré de vin, de colère, de sang,
n'importe de quoi; mais *vous*, vous
avez porté froidement des coups pré-
médités au cœur de votre père et de votre mère. Vous les avez tués de propos

délibéré. Qui de nous deux est le meurtrier le plus cruel? et c'est vous, vous
qui venez encore parler de meurtre et
de trahison! Je suis, auprès de vous,
aussi innocent que l'enfant qui vient de
naître. Vos parens se sont séparés. Votre mère est allée se jeter dans un couvent, pour cacher le désespoir et la
honte qu'elle éprouve de votre conduite
dénaturée. Votre père se plonge alternativement dans la volupté et dans la
pénitence, également malheureux dans
l'une et dans l'autre. Votre frère, vous
le savez, a péri en cherchant à vous
sauver. Vous avez répandu la désolation sur une famille entière. Vous avez
porté le coup mortel à la paix et au
bonheur de tous ses membres, et vous

l'avez porté sans regarder une seule fois
en arrière; et c'est vous qui osez parler
de trahison et de meurtre! »

Il continua encore pendant quelque
temps sur le même ton; mais je n'entendais plus rien. J'étais tellement accablé des nouvelles affreuses qu'il venait
de me donner sur ma famille, que je ne
savais plus du tout ce qu'il me disait.
Enfin je m'écriai :

« Juan est donc vraiment mort? Et
c'est vous qui fûtes son meurtrier! Vous!
Je crois tout ce que vous venez de me
dire : je suis sans doute fort coupable;
mais Juan est-il mort? »

En disant ces mots, je levai sur lui
des yeux qui n'avaient plus la force de
le contempler. Mes traits n'exprimaient

plus rien que l'étonnement d'une douleur sans pareille ; ma voix ne pouvait
plus prononcer de reproches : mes souffrances ne permettaient pas la plainte.
J'attendais sa réponse ; il garda le silence ; mais ce silence diabolique en
disait assez.

« Et ma mère s'est retirée dans un
couvent ? »

Il fit un signe de tête.

« Et mon père... ? »

Il sourit, et je fermai les yeux. Je
pouvais tout supporter, excepté de le
voir sourire. Je ne dis plus rien. Il n'y a
point de reproche plus amer que le silence, car il semble toujours renvoyer
les coupables à leur propre cœur, dont
l'éloquence ne manque presque jamais

de remplir la lacune d'une manière très
peu satisfaisante pour l'accusé. Mon
regard lui causa donc un courroux que
les plus dures invectives n'auraient, j'en
suis sûr, pas pu faire naître dans son
sein. Je suis même persuadé que des
imprécations auraient été pour lui la
plus douce musique. Elles auraient été
la preuve que sa victime souffrait tous
les maux qu'il était en état d'infliger. Il
trahit ses sentimens par la violence de
ses exclamations; et, profitant d'un silence que je n'avais ni la force, ni
le désir de rompre, il continua pendant plus d'un quart-d'heure à vomir
les blasphêmes les plus épouvantables
qui jamais eussent frappé mon oreille.
Le peu que je compris de ses atroces

discours était que, n'ayant aucun espoir d'obtenir directement le pardon de Dieu, n'ayant pas même la volonté de l'implorer, il espérait rendre ses souffrances, dans un autre monde, moins horribles, en entraînant d'autres individus dans des crimes si grands, qu'ils pussent effacer en quelque sorte les siens,

« Ce fut dans cet espoir, » me dit-il à la fin, » que je feignis de concourir au plan que votre frère avait imaginé... » A ces mots, mon attention se réveilla. Je sentis que son discours allait acquérir pour moi un degré d'intérêt qu'il n'avait pas eu jusqu'alors : il continua.

« Mais le supérieur était instruit de tous les détails à mesure que je les ap-

prenais moi-même. Ce fut dans cet espoir que je passai cette fatale journée
avec vous dans le souterrain : car si
nous avions tenté de nous échapper en
plein jour, votre crédulité, toute grande
qu'elle était, eût pu en être ébranlée;
mais pendant tout ce temps je ne ces-
sais de mettre la main au poignard que
je portais dans mon sein, et qui m'avait
été remis dans un but que j'ai bien ac-
compli. Quant à vous, le supérieur a
permis votre fuite pour ne plus vous
avoir en son pouvoir. Il s'ennuyait de
votre présence, ainsi que la communauté; elle était pour eux un fardeau
et un reproche. Votre appel avait été
une disgrâce pour le couvent. Ils jugè-
rent que vous étiez plus fait pour être

une victime qu'un prosélyte, et ils ju-
gèrent bien. Vous êtes mieux placé
dans votre demeure actuelle, et il n'y a
pas de danger que vous en sortiez jamais. »

— « Mais où suis-je donc ?

— « *Vous êtes..... dans les prisons*
de l'Inquisition. »

CHAPITRE XVII.

Ce qu'il m'avait dit n'était que trop vrai : j'étais prisonnier du Saint-Office ! Il n'y a pas de doute que de grandes conjonctures ne nous inspirent les sentimens qu'ils exigent pour les surmonter. Plus d'un homme a bravé les tempêtes sur le sein de l'Océan, qui tremblait quand le tonnerre grondait dans sa cheminée. Je sentis la vérité de cette observation. J'étais prisonnier de l'Inquisition ; mais je savais que mon crime, quelque grand qu'il fût, n'était pas de ceux qui tombent directement sous la compétence de son tribunal. Je n'avais jamais prononcé un mot qui dénotât un manque de respect pour l'Eglise catholique, ou qui exprimât le plus léger doute sur un article de foi. Les absurdes accusations de sorcellerie et de possession, portées contre moi dans le couvent, avaient été complétement détruites lors de la visite de l'évêque. Ma répugnance pour la vie religieuse était, à la vérité, suffisamment connue, et j'en avais donné des preuves trop funestes ; mais je ne pouvais pas encourir pour cela les peines de l'Inquisition. Je n'avais rien à craindre de l'Inquisition, du moins à ce que je me disais, et j'ajoutais une pleine foi à mes raisonnemens.

Le septième jour après le retour de

III.   19

ma raison était celui que l'on avait fixé
pour mon interrogatoire. On m'en avait
prévenu, quoique l'Inquisition ne soit
pas dans l'usage de donner de pareils
avis.

Vous n'ignorez pas, monsieur, que
de tout ce que l'on raconte sur la discipline intérieure de l'Inquisition, il peut
à peine y avoir quelque chose de vrai,
les prisonniers étant obligés de prêter
serment qu'ils ne dévoileront rien de ce
qui se passe dans ses murs. Ceux qui
ne craignent pas de violer ce serment
ne se font sans doute pas non plus un
scrupule de trahir la vérité dans les détails qu'ils donnent. Quant à moi je ne
ferai ni l'un ni l'autre. Un serment me
défend de vous faire part des circons-

tances de mon emprisonnement ou de mes interrogatoires. Je ne puis vous communiquer que quelques traits géné- raux, qui peuvent avoir rapport à la narration extraordinaire que j'ai entre- pris de vous faire.

Mon premier interrogatoire se termi- na d'une manière assez favorable. On déplora, on réprouva à la vérité mon aversion pour la vie monastique, mais on ne me dit rien qui pût faire naître en moi des craintes particulières. Je fus donc aussi heureux qu'on peut l'être dans la solitude et dans l'obscurité, cou- ché sur la paille et nourri au pain et à l'eau. Mais la quatrième nuit après mon premier interrogatoire, je fus réveillé par une vive clarté qui vint frapper mes

paupières. Je me levai en sursaut et je
vis une personne, tenant une lumière et
qui se retira de devant mon lit, pour
s'asseoir dans le coin le plus éloigné de
ma chambre.

Quoique je fusse euchanté à la vue
d'une figure humaine, j'avais déjà acquis
assez d'habitude des usages de l'Inquisition pour demander d'un ton péremp-
toire et froid, quel était celui qui s'était
permis d'entrer dans la cellule d'un prisonnier. L'inconnu répondit de la voix la
plus douce qui jamais je crois ait retenti
dans les murs du Saint-Office, qu'il
était prisonnier comme moi, que par
une indulgence particulière on lui avait
permis de me visiter et qu'il espérait....

Je ne pus m'empêcher de m'écrier :
« Ah ! doit-on nommer l'espérance en
ces lieux ? »

Il m'adressa encore avec la même
douceur quelques paroles de consolation, et sans parler de ce qui pouvait
nous regarder personnellement l'un ou
l'autre, il dépeignit l'agrément que
nous éprouverions en nous voyant et
en causant souvent ensemble.

Cet inconnu me visita pendant plusieurs nuits consécutives, et je ne pus
m'empêcher de remarquer trois circonstances fort extraordinaires dans ses visites et dans son apparence. La première
était qu'il s'efforçait autant qu'il lui était
possible de me cacher ses yeux. Il me
tournait le dos ; s'asseyait de côté, chan-

geant souvent de position et mettant la
main devant sa figure. Quand parfois
il s'oubliait ou qu'il était forcé de me
regarder, j'étais frappé de l'éclat extraordinaire dont ses yeux brillaient. Cet
éclat n'avait rien d'humain, et dans
l'obscurité de ma prison., j'étais obligé
de me détourner car je ne pouvais le supporter. La seconde circonstance extraordinaire que m'offraient ses visites était
qu'il entrait et sortait de chez moi sans
que personne s'y opposât. On eût dit
qu'il possédait à toute heure la clef de
mon cachot. Enfin., ce qui mettait le
comble à mon étonnement c'était non-
seulement qu'il parlait d'une voix haute
et intelligible, tout-à-fait différente du
murmure habituel des conversations in-

quisitiorales, mais encore qu'il exprimait librement l'horreur que lui inspirait tout le système de l'Inquisition; sa
haine pour les inquisiteurs et tout ce
qui tenait à eux depuis saint Domi-
nique lui-même jusqu'au moindre fa-
milier du Saint-Office, s'exhalait en termes si violens que plus d'une fois il me
fit trembler.

Vous avez peut-être entendu dire,
monsieur, qu'il existe des personnes
employées par l'Inquisition elle-même
à consoler les prisonniers dans leur solitude, sous la condition qu'ils obtien-
dront d'eux dans la conversation familière l'aveu des secrets que la torture n'a
pu leur ravir. Je découvris dès le premier moment que mon inconnu n'était

pas un de ces gens-là. Il insultait trop grossièrement le système; son indignation était trop franche.

J'ai oublié de vous faire part d'une particularité de ses visites qui me frappait d'une terreur plus grande encore que toutes celles que m'inspirait l'Inquisition. Il ne cessait de me parler d'événemens et de personnages dont il était impossible que sa mémoire lui fournît le souvenir. Il s'arrêtait pour lors tout-à-coup : puis il reprenait avec une espèce de raillerie affectée sur la distraction qu'il avait commise. Il m'est impossible de vous exprimer l'impression que faisaient sur moi ces allusions continuelles à des événemens anciens ou à des personnes qui depuis long-temps

n'existaient plus. Sa conversation était
riche, variée et instructive, mais il parlait si souvent des morts que malgré
moi, je me figurais souvent qu'il était
du nombre. Il était surtout versé dans
l'histoire anecdotique, et moi qui n'en savais presque rien, je l'écoutais avec d'autant plus de ravissement qu'il racontait
tout avec la fidélité d'un témoin oculaire.
Ce qui me plaisait surtout était la description des fêtes brillantes de la cour de
Louis XIV. Il me fit verser des larmes
en décrivant la mort funeste de madame
Henriette.

Parmi les traits qu'il citait il y en
avait de peu intéressans; mais c'était
toujours une suite de détails minutieux
qui portaient à l'esprit l'idée et pres-

III.   20

que la conviction qu'il avait vu lui-
même ce qu'il décrivait, et qu'il avait
connu les personnes dont il parlait. Je
me rappelle surtout une fois qu'il me
racontait l'anecdote connue du cardi-
nal de Richelieu qui, se trouvant avec
le roi Louis XIII dans une réunion,
passa devant le roi, au moment où l'on
annonçait la voiture de Sa Majesté.
« Louis, » continua l'inconnu, « dit
en souriant : Son éminence veut toujours être la première. — La première
à servir Votre Majesté, reprit le cardi-
nal avec une présence d'esprit admirable ; et, prenant vivement un flambeau
des mains d'un page *qui était à côté de
moi*, il éclaira le Roi jusqu'à sa voiture. »

Je ne pus m'empêcher de l'arrêter
aux paroles extraordinaires qui lui
étaient échappées, et je lui dis : « Y
étiez-vous ? » Il me fit une réponse am-
biguë, et, écartant ce sujet, il continua
à m'amuser par plusieurs détails curieux
de l'histoire privée du dix-septième siècle, dont il parlait avec une fidélité mi-
nutieuse qui ne laissait pas d'être un
peu effrayante. Il me quitta, et je le re-
grettai, quoique je ne pusse expliquer
la sensation extraordinaire que me causaient ses visites.

Peu de jours après, je devais être
interrogé pour la seconde fois. La veille
au soir, je fus visité par un des officiers
supérieurs du tribunal. Je fis d'autant
plus d'attention à ce qu'il me dit, que

ses discours étaient plus détaillés et plus énergiques que je ne m'y serais attendu de la part d'un habitant de cette silencieuse demeure. Cette circonstance me fit penser qu'il allait peut-être me communiquer quelque chose d'extraordinaire, et je ne me trompai pas. Il me dit en termes précis qu'il régnait depuis quelque temps dans le Saint-Office un trouble et une inquiétude jusqu'alors sans exemple. On répandait qu'un être à figure humaine avait paru dans les cellules de quelques-uns des prisonniers, où il prononçait des discours contraires non-seulement à la foi catholique et à la discipline de la sainte Inquisition, mais encore à la religion en général, et à la croyance en Dieu et dans une vie à ve-

nir. Il ajouta que, malgré la vigilance
la plus assidue, aucun des employés du
tribunal n'avait encore pu réussir à suivre cet individu dans ses visites aux cellules des prisonniers; que la garde avait
été doublée; que toutes les précautions
ordinaires, et de bien plus grandes encore, avaient été prises, mais le tout
sans succès. Les seuls avis de l'existence
de cet être singulier venaient de quelques prisonniers qu'il avait entretenus,
et auxquels il avait parlé un langage
qui paraissait lui avoir été dicté par
l'ennemi du genre humain, pour accom-
plir la perdition de ces infortunés. Enfin il m'annonça qu'on ne manquerait
pas de m'interroger à ce sujet, et peut-
être avec plus d'instance que je ne m'y

attendais. Il m'engagea à bien réfléchir à ce que je dirais; après quoi, me recommandant à la garde de Dieu, il se retira.

Je compris sans peine de quoi il s'agissait; mais tranquille sur mon innocence, j'attendis mon interrogatoire plutôt avec de l'espérance qu'avec de la crainte. Après les questions ordinaires: pourquoi j'étais en prison? qui m'avait accusé? de quel crime je me sentais coupable? si je me rappelais d'avoir jamais montré du mépris pour les dogmes de l'Eglise? etc., etc., on ajouta quelques questions inusitées, qui semblaient se rapporter indirectement à l'individu qui m'avait visité. J'y répondis avec une sincérité qui parut faire une impres-

sion terrible sur mes juges. Je leur dis
sans détour qu'une personne était entrée dans mon cachot.

« Il faut l'appeler une cellule, » dit le
grand inquisiteur.

— « Soit : dans ma cellule. Cette
personne parla avec la plus grande sévérité du Saint-Office ; elle prononça
des mots que le respect ne me permet
pas de répéter. J'eus de la peine à croire
qu'une telle personne eût reçu la permission de visiter les cachots, je veux
dire les cellules, de la sainte Inquisition. »

Quand j'eus prononcé ces mots, un
des juges, tremblant sur sa chaise, es-
saya de m'adresser la parole. Son ombre agrandie par la faible lumière qui

régnait dans la salle, offrait, sur le
mur opposé, l'image d'un géant paraly-
tique. Sa voix s'arrêta dans son gosier;
ses yeux se tournaient avec un mouvement convulsif : tout à coup il tombe,
frappé d'apoplexie, un moment avant
qu'on ait pu le transporter dans un appartement voisin. Cet événement inter-
rompit l'interrogatoire; je fus renvoyé à
ma cellule, et je vis à regret que j'avais
laissé dans l'esprit de mes juges une impression défavorable. Ils interprétèrent
cette circonstance, déjà extraordinaire
par elle-même, de la manière la plus
extraordinaire et la plus injuste; et,
dans l'interrogatoire suivant, je sentis
les effets de leur prévention.

La nuit suivante, je reçus, dans ma

cellule, la visite d'un des inquisiteurs
qui causa long temps avec moi du ton
le plus sérieux, et sans aucune passion.
Il me décrivit l'aspect atroce et révol-
tant sous lequel j'avais paru, depuis le
premier moment, aux yeux du Saint-
Office. Moine apostat, j'avais déjà été
accusé de sorcellerie dans mon couvent;
dans une tentative pour me sauver,
j'avais causé la mort de mon frère, que
j'avais porté, par ma séduction, à se-
conder ma fuite; enfin j'avais plongé
une des premières familles du royaume
dans le désespoir et la honte.

J'allais répondre; mais il m'arrêta,
en me disant qu'il était venu pour parler, et non pour écouter. Il m'informa
ensuite que, quoique j'eusse été ac-

quitté, lors de la visite de l'évêque, des
soupçons de communication avec le
malin esprit, ces soupçons venaient
néanmoins de se renouveler, avec une
force terrible, à l'occasion de cet être
extraordinaire, de l'existence duquel je
ne pouvais douter, et qui ne s'était jamais présenté dans les prisons de l'Inquisition avant que j'y fusse entré. On ne
pouvait en tirer d'autre conclusion, sinon
que j'étais réellement la victime de l'ennemi du genre humain. Il me dit de songer
sérieusement au danger de la situation
dans laquelle j'étais placé, par les soupçons qui s'attachaient généralement, et
à ce qu'il craignait, trop justement sur
moi. Enfin, il me conjura, au nom de
mon salut, de mettre toute ma confiance

dans le Saint-Office; et, si l'être mystérieux venait me visiter de nouveau, de
bien écouter ce que ses lèvres impures
me suggéreraient, afin de rapporter
fidèlement ses discours au tribunal.

Quand l'inquisiteur fut parti, je réfléchis à ce qu'il venait de me dire. Je
m'imaginai que ce qui m'arrivait pouvait bien avoir quelque rapport avec la
conspiration tramée contre moi dans le
couvent. Peut-être voulait-on m'entraîner à m'accuser moi-même. Je sentis
donc la nécessité d'une vigilance imper-
turbable. J'avais le sentiment de mon
innocence, et il me mettait en état de
braver l'Inquisition elle-même; mais
dans les murs du Saint-Office, ce sentiment et cette témérité sont également

inutiles. Menacé à la fois du pouvoir
de l'Inquisition et de celui du démon,
je résolus d'examiner soigneusement ce
qui se passerait dans ma cellule, et je
n'attendis pas long-temps. La seconde
nuit après mon interrogatoire, je vis le
même inconnu rentrer chez moi. Mon
premier mouvement fut d'appeler à
haute voix les officiers de l'Inquisition.
Je sentis néanmoins une espèce d'incertitude impossible à décrire, ne sachant
s'il fallait me jeter dans les bras du
Saint-Office ou dans ceux de cet être
extraordinaire, plus formidable peut-
être que tous les inquisiteurs du monde,
depuis Madrid jusqu'à Goa. Je craignais de la supercherie des deux côtés.
Je ne savais ce qu'il fallait croire ou

penser. Entouré d'ennemis de toutes
parts, j'aurais volontiers donné mon
cœur à celui qui, le premier, aurait jeté
le masque, et déclaré franchement et
ouvertement son inimitié.

Après un peu de réflexion, je jugeai
qu'il fallait me méfier de l'Inquisition,
et écouter ce que l'inconnu aurait à me
dire. Je ne pouvais me détacher de l'i-
dée qu'il était son agent secret. J'étais
fort injuste envers les inquisiteurs. Sa
conversation, cette fois, fut plus amu-
sante que jamais; mais elle fut aussi
bien digne d'exciter tous les soupçons
du saint tribunal. A chaque phrase qu'il
prononçait, je voulais me lever et appeler les officiers; soudain je me repré-
sentais l'étranger devenant mon accusa-

teur, et me désignant pour victime à leur colère. Je tremblais à l'idée qu'un seul mot pouvait me compromettre, et me conduire, par de longs tourmens, à la mort.

Je gardai donc le silence, et je prêtai l'oreille à ce que me disait cet inconnu, à qui les murs de l'Inquisition ne paraissaient être que ceux d'un appartement ordinaire. Il était assis à mes côtés, aussi tranquillement que sur le fauteuil le plus voluptueux. Mes sens, mon esprit étaient si égarés, que j'ai de la peine à me rappeler son discours. En voici un aperçu :

« Vous êtes prisonnier de l'Inquisition. Le Saint-Office est, sans contredit, établi dans des vues fort sages, et que

des êtres faibles et pécheurs comme
nous ne sommes pas en état de comprendre. Mais, autant que j'en puis juger, ses prisonniers sont non-seulement
insensibles aux bienfaits qu'ils peuvent
retirer de sa vigilance; mais ils les
reçoivent avec une ingratitude atroce.
Vous, par exemple, qui êtes accusé de
sorcellerie, de fratricide et de je ne
sais combien de crimes encore, votre
détention salutaire en ce lieu vous em-
pêche d'outrager encore la nature, la
religion, la société. Eh bien! je gage
que vous éprouvez si peu de reconnais-
sance pour ces bienfaits, que votre
plus ardent désir est de vous y dérober
le plus promptement possible. En un
mot, je suis convaincu que le vœu

secret de votre cœur est de ne point
augmenter le fardeau des obligations
que vous avez au Saint-Office, mais au
contraire, de diminuer, autant qu'il
dépendra de vous, la douleur que ces
saints personnages éprouveront tant que
vous souillerez leurs murs de votre présence; aussi ne demandez-vous pas
mieux que d'y mettre un terme, long-
temps avant celui qu'ils ont eux-mêmes
fixé. Votre désir est de fuir les prisons
du Saint-Office, s'il est possible. Vous
savez que c'est là votre désir. »

Je ne répondis pas un mot. Cette
ironie féroce et sauvage, le seul mot
de fuite, m'inspirait une terreur impossible à décrire. L'inconnu continua :

« Quant à votre fuite, je m'y engage,

et c'est plus qu'aucun pouvoir humain ne saurait faire ; mais vous ne pouvez ignorer quelle en sera la difficulté : cette difficulté vous effrayera-t-elle ? Hésitez-vous ? »

Je continuais à garder le silence. Il crut que je balançais.

« Vous croyez peut-être qu'en languissant ici dans les cachots de l'Inquisition, vous assurerez infailliblement votre salut. Il n'y a pas d'erreur plus absurde et cependant plus enracinée dans le cœur de l'homme, que la pensée, que ses souffrances dans le monde faciliteront son bonheur éternel. »

A ces mots je me crus en sûreté. Je m'empressai de répondre que je sentais, que j'étais convaincu que mes

III.   21

souffrances ici-bas serviraient, du moins
en partie, à mitiger des châtimens
que je n'avais que trop mérités dans
l'avenir. J'avouai mes erreurs; je me
confessai pénitent de mes malheurs,
comme s'ils eussent été des crimes; et
l'énergie de ma douleur, s'unissant à
l'innocence de mon cœur, je me recom-
mandai au Tout-Puissant avec une onc-
tion bien sincère. J'invoquai les noms
de Dieu, du Sauveur et de sa sainte
Mère, avec les supplications les plus
ardentes et la dévotion la plus vive. Je
m'étais agenouillé : quand je me levai,
je regardai autour de moi, l'inconnu
avait disparu.

Quand je fus de nouveau interrogé,
on commença par suivre les formes or-

dinaires, puis on m'adressa des questions artificieuses, comme s'il avait été
nécessaire d'user d'artifice pour me faire
parler sur un sujet à l'égard duquel je
ne demandais pas mieux que d'épan-
cher mon cœur. Aussitôt que l'on
m'eut dit un mot, je commençai ma narration avec une ardeur et une sincérité
qui aurait détrompé tout autre que des
inquisiteurs. Je déclarai que j'avais été
de nouveau visité par cet être mystérieux. Je répétai en tremblant chaque
mot de notre dernière conférence. Je ne
supprimai pas une syllabe des insultes
qu'il avait prodiguées au Saint-Office,
de l'acrimonie de ses sarcasmes, de son
athéisme avoué, de sa conversation diabolique. Je m'appesantis sur les plus

petits détails. J'espérais me faire un
mérite auprès de l'Inquisition, en accu-
sant son ennemi et celui du genre humain. Oh! qu'il est difficile de peindre
le zèle avec lequel nous agissons entre
deux ennemis mortels, dans l'espoir
de nous concilier la faveur de l'un des
deux! L'Inquisition m'avait déjà suffisamment fait souffrir; mais dans ce moment je me serais abaissé devant elle,
j'aurais sollicité la place du dernier de ses
familiers, de l'exécuteur de ses senten-
ces, en un mot, j'aurais souffert tous les
maux qu'elle était capable d'infliger,
pourvu que l'on ne me crût pas l'allié de
l'ennemi des âmes. Quelle fut, hélas!
ma douleur, quand je m'aperçus que
mes discours prononcés avec la sincérité,

avec l'éloquence d'une âme combattant
contre les démons qui s'efforcent de
l'entraîner loin des routes de la miséricorde, que ces discours, dis-je, ne faisaient aucune impression ! Les juges parurent frappés à la vérité du ton sérieux
avec lequel je parlais. Ils ajoutèrent foi
malgré eux pour un moment à mes paroles, mais je ne tardai pas à découvrir que j'étais pour eux un objet de
terreur. Ils semblaient ne me regarder
qu'à travers une atmosphère de mystère et de soupçon. Ils ne cessaient
de me demander de nouveaux détails, de nouvelles circonstances, enfin
ils voulaient apprendre de moi quelque
chose qui était dans leur esprit et pas
dans le mien. Plus ils prenaient de peine

à arranger artificieusement leurs questions, plus elles me devenaient inintel-
ligibles. J'avais dit tout ce que je savais,
j'avais vraiment désiré tout dire; mais
il ne m'était pas possible d'en dire davantage, et je souffris d'autant plus de
ne pouvoir remplir le désir de mes juges,
que j'ignorais absolument ce qu'ils voulaient de moi. Quand on me renvoya
dans ma cellule, on me prévint de la manière la plus solennelle que si je négli-
geais désormais de me rappeler et de
rapporter chaque mot que me dirait
l'être extraordinaire dont ils conve-
naient qu'ils ne pouvaient empêcher les
visites, je devais m'attendre à éprouver
toute la sévérité du Saint-Office. Je pro-
mis tout ce que l'on exigeait de moi, et

pour donner une preuve de ma sincérité, je suppliai que l'on voulût bien
permettre que quelqu'un passât la nuit
dans ma cellule; ou bien, si cela était
contraire aux règles de l'Inquisition,
qu'une sentinelle fût placée dans le corridor qui y communiquait, afin que je
pusse, par un signal convenu, lui donner avis de l'arrivée de cet inconnu mystérieux dont les visites impies seraient
à la fois découvertes et punies.

En me laissant parler ainsi, on m'a-
vait accordé un privilége tout-à-fait
inusité dans le tribunal de l'Inquisition,
où le prisonnier ne peut que répondre
à des questions, et ne doit jamais parler, à moins qu'on ne l'interroge. Ma
proposition donna lieu cependant à une

délibération, et quand elle fut termi-
née, je découvris avec horreur qu'il n'y
avait pas un seul des officiers qui osât
prendre sur lui de veiller près de ma
cellule.

J'y retournai dans une agonie inexprimable. Plus je m'étais efforcé de me
justifier plus je paraissais coupable. Ma
seule ressource et ma seule consolation
furent d'obéir strictement aux ordres
du tribunal. Je veillai soigneusement
toute la nuit. L'inconnu ne vint point.
Vers le matin je m'endormis; mais hélas!
de quel sommeil épouvantable! les génies
où les démons du lieu où j'étais semblè-
rent avoir arrangé le songe qui occupa
ma pensée. Je suis convaincu qu'une
victime réelle d'un véritable auto-da-fé

ne souffre pas plus pendant l'horrible
procession qui le conduit aux flammes,
que je ne le fis pendant ce songe. Je
crus que ma sentence était prononcée.
La cloche avait sonné. Nous quittions
la prison de l'Inquisition. Je ne vous
peindrai point cette procession dont
sans doute vous avez lu ou entendu
mainte description effrayante. Il suffit
que je vous dise que je voyais tout dans
mon songe avec la plus terrible exactitude. Il n'y manquait rien. Toutes les
cloches sonnaient dans mes oreilles;
mais le sentiment le plus affreusement
inexplicable c'était de me voir passer
moi-même. Je me voyais, je me sentais
deux fois. Il m'est impossible de vous
donner une idée de cette horreur. Je

III.   22

montai sur l'échafaud, on m'enchaîna à
ma chaise. Je vis les feux s'allumer;
bientôt les flammes commencèrent à se
faire sentir sous la plante de mes pieds,
elles montèrent peu à peu; enfin, dans
mon rêve je brûlai à petit feu et j'é-
prouvai toutes les angoisses insépara-
bles de cet état de douleurs inouïes.
Enfin, quand mon corps fut complétement consumé, quand il ne fut
plus qu'un monceau de cendres, je jetai un cri épouvantable et je me réveillai. Je me retrouvai dans ma prison;
à mes côtés était assis *mon tenta-
teur*. Avec une impulsion à laquelle je
ne pus résister, une impulsion dictée
par l'horreur de mon songe, je m'élan-

çai à ses pieds et je m'écriai : « Sauvez-
moi. »

Je ne sais, monsieur, et je ne crois pas
que l'intelligence humaine puisse ré-
soudre ce problême, si cet être indéfinissable avait le pouvoir d'influencer
mes songes, et de dicter à un démon les
images qui m'avaient poussé à me jeter
à ses pieds dans l'espoir d'y trouver ma
sûreté. Quoi qu'il en soit, il est certain
qu'il profita de ma terreur, moitié ima-
ginaire, moitié réelle, et il commença
par vouloir me démontrer qu'il avait en
effet le pouvoir de me sauver des mains
de l'Inquisition. Il me proposa ensuite
une condition épouvantable que je ne
communiquerai jamais à personne qu'à
mon confesseur.

(Ici Melmoth ne put s'empêcher de se rappeler cette condition *incommunicable* qui avait été proposée à Stanton dans l'hospice des aliénés. Il frémit et se tut. L'Espagnol continua.)

A l'interrogatoire suivant, les questions furent plus sérieuses et plus pressantes encore ; mais comme je ne demandais pas mieux que de parler, toutes les formes d'un interrogatoire inquisitorial ne nous empêchèrent pas de bientôt nous entendre. Je voulais atteindre mon but, et ils n'avaient rien à perdre en m'y laissant arriver. Je confessai, sans hésiter, que j'avais revu cet être mystérieux qui pouvait pénétrer dans les réduits les plus cachés du Saint-Office, sans permission et sans

empêchement. Les juges tremblaient
sur leurs siéges pendant que je prononçais ces paroles. Je répétai ensuite tout,
absolument tout ce qui s'était passé
entre nous, à l'exception de cette seule
proposition que j'avais résolu, comme
je viens de vous le dire, de ne jamais
révéler à qui que ce fût. On voulut
exiger de moi que je continuasse; je
m'y refusai. Les juges se parlèrent à
l'oreille. Il me semblait qu'ils délibéraient entre eux pour savoir s'ils me
feraient donner la question.

Dans cet intervalle, je jetai un regard triste et inquiet autour de la
salle où je me trouvais, et sur le fauteuil du grand inquisiteur, au-dessus

duquel s'élevait un énorme crucifix de treize pieds de haut. Tout à coup j'aperçus un personnage assis devant la table qui était couverte d'un drap noir; il faisait l'office de greffier, et mettait par écrit les dépositions des accusés. Quand on me conduisit auprès de cette table, ce personnage me regarda d'un air de connaissance : c'était le compagnon de ma fuite. Il était devenu l'un des familiers de l'Inquisition. Je perdis tout espoir quand je vis son œil féroce et perfide, qui ressemblait à celui du tigre ou du loup guettant leur proie. Il me lançait de temps à autre des regards sur lesquels je ne pouvais me méprendre, et que cependant je n'osais interpréter.

J'ai lieu de croire que ce fut lui qui dicta la terrible sentence que j'entendis prononcer.

« Vous, Alonzo de Monçada, moine, profès de l'ordre de ***, accusé des crimes d'hérésie, d'apostasie et de fratricide.... »

« Oh! non, non, » m'écriai-je ; mais personne ne fit attention à moi.

..... « et de conspiration avec l'ennemi du genre humain contre la paix de la communauté, dans laquelle vous aviez prononcé le vœu de vous consacrer à Dieu, et contre l'autorité du Saint-Office ; accusé en outre d'avoir communiqué dans votre cellule, située dans les prisons du Saint-Office, avec un messager infernal de l'ennemi de

Dieu, de l'homme et de votre âme elle-même, convaincu, sur votre propre aveu, d'avoir donné accès dans votre cellule à l'esprit infernal, êtes, par la présente livré à....»

Je n'en entendis pas davantage. Je jetai un cri; mais ma voix fut étouffée par les murmures des familiers. Il me semblait que le crucifix se balançait, que la lumière de la lampe était multipliée à l'infini. Je levai les mains en signe de supplication; des mains plus fortes que les miennes me les firent baisser. Je voulus parler, on me ferma la bouche. Je me mis à genoux; on allait m'entraîner, quand un vieux inquisiteur ayant fait un signe aux familiers, on me laissa un moment de liberté. Il m'adressa pour lors ces paroles, rendues plus terribles par la sincérité avec laquelle il parlait. Son âge, son action soudaine, m'avaient fait espérer de la miséricorde. Il était aveugle depuis plus de vingt ans. Voici ce qu'il me dit : « Misérable ! apostat ! excommunié ! je rends grâce au ciel de m'avoir privé de la lumière, puisqu'il m'épargne par là l'horreur de te contempler. Le démon t'a poursuivi depuis ta naissance. Tu es l'enfant du péché. Illégitime et maudit, tu fus toujours un fardeau pour l'église, et maintenant l'esprit infernal vient te réclamer comme sa propriété, et tu le reconnais comme ton seigneur et maître..... Va, âme damnée, nous te livrons au bras séculier;

nous espérons qu'il ne te traitera pas avec trop de sévérité. »

A ces mots affreux, dont je ne comprenais que trop bien le sens, je poussai un cri d'horreur : on m'emmena, et ce cri, pour lequel j'avais épuisé toutes les forces de la nature, ne fit pas plus d'impression que ceux des misérables livrés à la torture.

Rentré dans ma cellule, je me sentis convaincu que tout ce qui m'était arrivé n'avait été qu'une ruse inquisitoriale, pour me forcer de m'accuser moi-même et me punir pour un crime, tandis que je n'étais coupable que d'une confession extorquée.

Plus j'y réfléchissais, plus je détestais mon aveugle et sotte crédulité. Com-

ment avais-je pu croire qu'un étranger
pût pénétrer dans les prisons de l'Inquisition, et les traverser à son gré sans
être découvert ? Qu'il pût s'entretenir
avec les prisonniers, paraître et dispa-
raître ; insulter, railler, blasphémer ;
proposer les moyens de fuir, les indiquer
avec une précision et une facilité qui
ne pouvait être que le résultat d'un calme
et profond calcul ; et cela dans les murs
du Saint-Office, en présence, pour ainsi
dire, des juges, à l'oreille du garde qui
jour et nuit veillait dans les passages :
la chose était ridicule, monstrueuse,
impossible. C'était un complot pour me
forcer à me condamner moi-même. L'Inconnu n'était qu'un agent de l'Inquisition. J'étais mon propre délateur et mon

propre bourreau. Telle fut la conclusion de mon raisonnement, et, quelque triste qu'elle fût, on doit avouer qu'elle n'était que trop probable.

Il ne me restait plus qu'à attendre dans l'obscurité, dans le silence de ma cellule, le terme fatal de ma destinée. L'entière cessation des visites de l'étranger, depuis que ces visites étaient devenues inutiles, me confirmait de plus en plus dans l'idée que je m'en étais formée. Tout à coup il arriva un événement dont les suites trompèrent à la fois mes craintes, mes calculs et mes espérances : je veux dire le grand incendie qui se déclara dans les prisons du Saint-Office, vers la fin du dernier siècle.

Ce fut la nuit du 29 novembre 17 **

qu'arriva cet événement extraordinaire,
et qui l'était doublement par les précautions que le Saint-Office prenait contre
un pareil accident, et par la petite quan-
tité de combustible qui se consommait
dans ses murs. Au premier avis que les
flammes gagnaient rapidement et que
l'édifice était en danger, on ordonna de
transporter les prisonniers de leurs cellules dans une cour pour y être gardés.
Je dois avouer que nous fûmes traités
avec beaucoup d'humanité et d'égards.
On nous fit sortir tranquillement de nos
cellules ; chacun de nous fut placé entre
deux gardes, qui n'usèrent d'aucune
violence, ne nous faisant entendre aucun
langage sévère : ils nous assurèrent, au
contraire, de temps à autre, que si le

danger devenait imminent, on nous per-
mettrait de nous sauver sans chercher
à nous retenir. Le tableau que nous
formions était digne d'occuper le pin-
ceau d'un artiste. Nos tristes vêtemens et
nos pâles regards contrastaient avec les
regards des gardes et des familiers, non
moins sombres, mais imposans et im-
primant le respect. Notre marche était
éclairée par la lumière des torches qui
s'affaiblissait à mesure que les flammes
s'élevaient sur nos têtes, et se dérou-
laient en tourbillons sur le faîte de l'é-
difice. Le ciel était en feu. Je crus
voir le tableau du dernier jour. Il me
semblait que Dieu descendait dans
la lumière qui enveloppait les cieux,

tandis que nous pâlissions de terreur à
la faible lueur qui nous éclairait.

Parmi les prisonniers se trouvaient
des pères et des fils, qui peut-être ha-
bitaient depuis plusieurs années des cellules voisines sans le savoir, et qui maintenant n'osaient se reconnaître. N'était-
ce pas, en effet, là le jour du jugement,
quand les plus proches parens se re-
trouveront les uns parmi les brebis, et
les autres parmi les boucs? Il y avait
aussi des parens et des enfans qui ne
craignaient point d'étendre leurs bras
décharnés les uns vers les autres,
quoique convaincus qu'ils ne se réuni-
raient jamais, les uns étant condamnés
aux flammes, les autres à l'emprisonnement, les autres enfin à une peine mitigée

qui consistait à remplir les devoirs des
familiers de l'Inquisition. C'était encore
là le tableau du jugement dernier,
quand le père et le fils, destinés à des
sorts différens, éprouveront pour la dernière fois un mouvement d'affection
mortelle, et se tendront les bras en vain
par dessus le gouffre de l'Eternité! Derrière et autour de nous se tenaient les
familiers et les gardes de l'Inquisition,
contemplant attentivement le progrès
des flammes, mais sans inquiétude sur
l'évènement quant à ce qui les regardait eux-mêmes. Tels seront sans doute
les sentimens de ces esprits éternels
qui écoutent l'arrêt du Tout-Puissant, et qui connaissent déjà la destinée des âmes qu'ils surveillent. Je ne

crois pas qu'il soit nécessaire que je
pousse plus loin la comparaison.

Le secours arrivait lentement. Les
Espagnols sont naturellement indolens.
Les pompes agissaient mal. Le danger
augmentait, et les flammes s'élevaient
toujours plus haut. Paralysés par la terreur, les pompiers se mirent à genoux, et
implorèrent l'assistance de tous les saints
du paradis. Toutes les cloches de Madrid sonnaient. Tous les alcades étaient
de service. Le roi lui-même arriva au
lieu de l'incendie. Les Eglises étaient
pleines de dévots, qui envoyaient au
Ciel leurs supplications. Tout cela n'empêchait pas les progrès du feu. Je suis
sûr que vingt pompiers habiles se seraient rendus maîtres de l'incendie;

III.   23

mais les nôtres étaient à genoux quand il aurait fallu travailler.

Cependant les flammes commencèrent à descendre dans la cour, et ce fut alors que s'offrit un tableau d'une horreur impossible à décrire. Les malheureux qui avaient été condamnés s'imaginèrent que leur heure était venue. Devenus imbécilles par la longueur de leur détention, et aussi soumis que le Saint-Office pouvait le désirer, le délire les saisit quand ils virent approcher les flammes. Ils s'écrièrent à haute voix : « Epargnez-moi, épargnez-moi ! Faites-moi souffrir le moins que vous pourrez ! » D'autres, se mettant à genoux devant les flammes, les invoquaient comme des saints. Ils croyaient voir les anges et la sainte Mère de Dieu qui descendaient pour recevoir leurs âmes au sortir du bûcher, et ils chantaient *alleluia*, moitié par crainte, moitié par espérance. Pendant cette scène de désolation, les inquisiteurs restaient fermes et impassibles : c'était une chose admirable à voir : leurs pieds ne bougeaient pas; leurs regards ne donnaient aucun signe d'effroi. Ils paraissaient n'avoir d'autre principe ou motif d'existence que leur inflexible devoir.

Ce fut dans ce moment que, debout au milieu du groupe des prisonniers, mes yeux furent frappés d'un spectacle extraordinaire. C'est peut-être dans le moment du désespoir que l'imagination a le plus de pouvoir. Il est certain que

l'homme qui a beaucoup souffert peut
le mieux sentir et le mieux décrire ses
sensations. A la lueur des flammes, le
clocher de l'église des Dominicains se
voyait aussi distinctement qu'en plein
jour. Cette église n'est pas éloignée des
bâtimens de l'Inquisition. La nuit était
extrêmement obscure, et ce clocher brillait comme un météore dans le ciel. Je
distinguai même sans peine l'heure que
marquaient les aiguilles; et le progrès
calme et silencieux du temps, au milieu
du tumulte et de la confusion qui ré-
gnaient dans cette nuit horrible, aurait
pu m'offrir matière à de profondes et
singulières réflexions, si mon attention
n'avait pas été comme enchaînée à la
vue d'une figure humaine placée sur le

sommet de la flèche du clocher, et qui
contemplait cette scène dans une tranquillité parfaite. Il était impossible de
se tromper à la vue de cette figure : c'é-
tait celle de l'inconnu qui était venu
me voir dans les cellules de l'Inquisition. L'espoir de me justifier me fit oublier tout le reste. J'appelai à haute
voix les gardes, et, montrant du doigt
cette figure, je les priai d'y jeter les
yeux ; mais personne n'eut le temps d'y
porter les regards. Dans ce moment
même, la voûte de la cour vis-à-vis de
nous s'écroula à nos pieds, avec un
fracas épouvantable, et au milieu d'un
océan de flammes : un seul cri sortit de
toutes les bouches. Prisonniers, gardes,
inquisiteurs, frémirent tous, et ne for-

mèrent plus qu'un groupe réuni par
l'effroi.

L'instant d'après, les flammes étant
momentanément étouffées par une si
vaste masse de pierres, il s'en éleva une
épaisse nuée de fumée et de poussière
qui permettait à peine de distinguer
les traits de la personne placée à vos
côtés. La confusion fut augmentée par
le contraste de cette obscurité soudaine
avec l'éclat de la lumière qui nous
avait comme aveuglés pendant près
d'une heure, ainsi que par les cris des
malheureux blessés ou estropiés par la
chute de la voûte. Au milieu de ces cris,
de ces ténèbres et de ces flammes, je
vis devant moi un espace libre. La
pensée et le mouvement furent simul-

tanés. Nul ne me voyait, nul ne songeait
à me poursuivre, et long-temps avant
que l'on pût remarquer mon absence
ou me chercher, j'avais traversé les dé-
combres, et j'errais en secret et en sûreté dans les rues de Madrid.

Tout péril paraît léger à celui qui
vient d'échapper à un péril extrême et
imminent. Le malheureux qui s'est sauvé d'un naufrage est indifférent à l'égard
de la côte où il aborde; et quoique
Madrid ne fût, pour moi, qu'une prison
un peu moins étroite que l'Inquisition,
l'idée que je n'étais plus entre les mains
des familiers m'occasiona un sentiment
vague, mais délicieux, de sécurité. Si
j'avais réfléchi un moment, j'aurais su
que mon costume et mes pieds nus de-

vaient me trahir partout où j'irais. Quoi
qu'il en soit, la conjoncture m'était favorable. Les rues étaient désertes : tous
les individus qui n'étaient pas dans
leurs lits remplissaient les églises, où
ils s'efforçaient, par leurs prières, de
désarmer la colère du Ciel, et d'obtenir
l'extinction des flammes.

Je continuai à courir, sans savoir où
j'allais, jusqu'à ce que les forces me
manquassent. L'air pur que je n'avais
pas respiré depuis long-temps, après
m'avoir ranimé dans le premier moment, ne tarda pas à me couper la respiration. Je vis un édifice devant moi :
ses larges portes étaient ouvertes. Je m'y
élançai : c'était une église. Je tombai
haletant sur le pavé. J'étais dans la nef,

séparé du chœur par une grille en cuivre doré. Je vis les prêtres à l'hôtel, et un petit nombre de dévots à genoux dans le chœur. Une faible lumière éclairait l'église, et y répandait une teinte mélancolique et silencieuse, qui contrastait vivement avec la scène que je quittais. Je n'osai entrer dans ce lieu. Aussitôt qu'il me fût possible de faire un mouvement, je me levai et je quittai le monument sépulcral sur lequel je m'étais appuyé. Dans ce moment la lumière parut augmenter malicieusement; elle me permit de lire l'inscription. Je vis les mots : « *Orate pro animâ*, etc. » J'arrivai au nom; c'était « : Juan de Monçada. » Je m'élançai hors de l'é-

III.   24

glise, comme si j'avais été poursuivi par un bataillon de démons. C'était sur le tombeau prématuré de mon frère que je m'étais reposé.

FIN DU TROISIÈME VOLUME.